[青少年阅读文库]

·家园的故事丛书·

小圆面包

金 涛 孟庆枢 主编

[俄罗斯] 米·普里什文 著

广西科学技术出版社

图书在版编目（CIP）数据

小圆面包/（俄罗斯）米·普里什文著；何茂正，王冰冰译. —南宁：广西科学技术出版社，2012（2020.6重印）

（家园的故事丛书/金涛，孟庆枢主编）

ISBN 978-7-80666-174-1

Ⅰ. 小… Ⅱ. ①米… ②何… Ⅲ. 短篇小说—作品集—俄罗斯—近代 Ⅳ. I512.44

中国版本图书馆 CIP 数据核字（2012）第 065473 号

作品名称：《小圆面包》
作　　者：米·普里什文 ©
版权中介：中华版权代理总公司
　　　　　俄罗斯著作权协会

家园的故事丛书
小圆面包
XIAO YUAN MIANBAO

金涛　孟庆枢　主编

责任编辑 饶　江		**封面设计** 龚　捷	
责任校对 李文权		**责任印制** 韦文印	

出 版 人 卢培钊

出版发行 广西科学技术出版社

　　　　　（南宁市东葛路66号　邮政编码530023）

印　　刷 永清县晔盛亚胶印有限公司

　　　　　（永清县工业区大良村西部　邮政编码065600）

开　　本 700mm×950mm　1/16

印　　张 13

字　　数 118千字

版次印次 2020 年 6 月第 1 版第 4 次

书　　号 ISBN 978-7-80666-174-1

定　　价 28.00 元

序 言

　　家园，是个闻之令人心驰神往的词。尤其是对于许多少小离家、浪迹天涯的游子，那是一个个具体的、鲜活的、渗透着欢乐与忧伤的画面和镜头。

　　家园，依我肤浅的理解，是留下先人足迹与血汗的故土，是每个人生命之河的源头，有时，也是多姿多彩的人生之旅中最难忘怀的小驿站。

　　固然，在每个人的心灵深处，对家园的诠释依人的阅历不同而异彩纷呈。

　　外婆的澎湖湾、故乡的田间小路、夜色初升时提着小灯笼在田野草丛中嬉戏的萤火虫、童年小伙伴扎猛子学游泳的小池塘、暴风雨中的电光和惊天动地的一声霹雳、天空中排成人字形的雁阵、除夕之夜的鞭炮声、雪花纷飞的冬夜、第一次背着书包踏进课堂的惶惑以及慈母的叹息、情人的热吻、婴儿的啼哭……所有这些刻骨铭心的记忆，无不是家园在我们心头

摄下的影像，随着岁月的流逝反而变得更加清晰。

对于家园的依恋，大约也是人性中无法改变的怀旧情结吧。

不过，对于人类整体而言，不管肤色、民族和国籍有怎样的差异，也不管文明的进化程度和意识形态有怎样的不同，我们都有一个共同的家园，即人类赖以生存的地球。

科学的发现和人类的历史都证明：地球，这颗宇宙中最美的星球是人类诞生的摇篮。地球上的山脉、河流、海洋、湖泊、岛屿、森林、草原、沙漠、田野……不仅为人类世世代代繁衍提供了生存空间，也为人类文明进步和社会发展贡献了源源不断的自然资源。地球上的空气、水和土地，是人类生存不可或缺的基本要素。至于千姿百态的花草树木和种类繁多的鸟兽虫鱼，不仅是人类生存的必需，也是人类的忠实伴侣。

人与地球的关系，从深层次探究，不仅仅限于地球赋予了人类生存发展的物质基础，在长达几万年或更悠长的历史进程中，地球的自然界也构成了人类的精神家园。山川的秀美、沧海的壮阔、日出日落的庄严、寒来暑往的韵美，乃至莺飞草长的无限春光、万物欣荣的繁华盛夏、秋风秋雨的万般愁思、雪压冬云的苍凉寂寞……凡此种种均深深植入人类的精神世界，幻化为艺术的创造、思念的思维、情感的寄托，最终成为人类生存的必要前提。

然而，时至今日，举目四望，人类的家园在风雨飘摇之中。被誉为"地球之肺"的热带雨林，在机器的轰鸣声中成为寸草不生的荒山秃岭，肥沃的土地因失去植被的庇护而水土流

失，变成赤地千里的荒原；千千万万的飞禽走兽被捕杀殆尽，人们只能在博物馆的柜橱里看到它们的遗骸；昔日奔腾的江河已是毒液翻涌，变为死亡之河；一颗颗明珠般的美丽湖泊变得黯然失色，在无奈的悲伤中走向死亡；连浩瀚无垠的海洋也充满毒素，再也无法维持众多水族的生存；至于人类头顶的天空，空气混浊，酸雨霏霏，日渐撕碎的臭氧空洞，正在给人类带来防不胜防的灾祸……

这不是危言耸听。人类的家园到处响起了告急的警报：春风伴着遮天蔽日的烟尘四处肆虐，无情的滚滚流沙步步逼近繁华的城镇，江河泛滥、洪水滔滔，千里原野变为沼泽，旱魃的魔口在非洲每天吞噬成千上万条生命。至于水资源的匮乏、环境的污染、珍稀物种的灭绝、疾病的蔓延，已经不再是个别的事件了。

人类，也许只有在失去了美好的事物之后才会懂得珍惜。对于正在失去的家园，理智而未丧失良知的人开始奔走呼号，呼吁社会竭尽全力加以爱护，因为越来越多的人开始意识到，一旦人类毁弃了自己赖以立身的家园，最终毁灭的是人类自己。

我们正是怀着如此真诚的心情，选编了这套"家园的故事丛书"，这些体裁不同、风格迥异的作品，虽是出自不同国家的作家之手，然而他们都是以对大自然的关爱，从不同的侧面展示了人类家园的美丽。这里有对弱小生命细致入微的观察，也有对生态环境遭到污染的忧思；有从人与自然的和谐反思人性的偏颇，也有以诗一般的语言唤醒人的良知。总之，这些作品的共同主题是关爱我们人类的家园，倘若读者能从中受到感悟，从我做起，用心珍惜我们周围的一山一水、一草一木，使人与自然和睦相处，使人类的家园免遭厄运，永葆青春，那么我们的努力就达到了预期的目的。

金涛　孟庆枢
于世界地球日

目　　录

小圆面包

米·普里什文　著

何茂正　　王冰冰　译

　　我很小的时候，顶喜欢一把宽大的圈椅，它有一个古怪的名字叫"库雷姆"。因为这把椅子的缘故，人们给我起了一个绰号——"小库雷姆"。这绰号好长时间一直折磨着我，叫我非常生气，但最后我还是变得聪明了，我终于明白：无论发怒还是打架，都无济于事。而一旦我明白了这一点，不再生气的时候，大家也就不再捉弄我了。

　　我妈妈在年纪很轻——40岁的时候就成了寡妇，独自拉扯着5个年幼的孩子。每天天没亮她就得起床，而我的姆妈比母亲起得还要早：她得为母亲烧好茶炊，煮沸黏土烧制的小沙锅里的牛奶。小沙锅里最上面总是漂着一层焦黄的膜，这层膜的下面便是异常香甜的牛奶了，用它煮的茶，那味道更是美极了。有一次我偶然在天亮前起床了，打算在黎明的昏暗中设套

1

捉鹌鹑，当时妈妈就拿这种美味的茶给我喝。这一次早茶使我的生活习惯发生了很大的变化：我也开始像妈妈一样天亮前就起床，跟她一道尽情享用那美味的早茶了。

渐渐地我习惯了早起，太阳一出来我反而睡不着了。

喝完茶，妈妈要坐上轻便马车到田里去，而我则要去捉鹌鹑、椋鸟、夜莺、斑鸠和蝴蝶。当时我没有猎枪，但现在即便去打猎，有没有猎枪对于我来说是无所谓的。无论是过去还是现在，我要猎取的都是些稀罕的东西：即必须找到在自然界中我还没有见过、也许任何人在生活中也不曾碰见过的东西。比如捉鹌鹑时，就先用索套捉那种最能把公鹌鹑引来的母鹌鹑，然后用母鹌鹑去逗引公鹌鹑，而捉公鹌鹑的时候要挑那种嗓门最高的来捉。捉夜莺也是如此：专捉那刚孵出来的夜莺，一开始就用蚂蚁蛋喂它，这样它长大后就叫得比别的夜莺好听。而找到蚂蚁窝，把蚂蚁引到树枝上，使它们离开那些宝贝幼虫，装满一口袋蚂蚁蛋，可真是件不容易的事啊。总而言之，叫我忙碌的事情可多了，在这些事情里我总能使出各种绝招来。直到现在，每当夜里睡不着的时候，我就闭上眼睛认认真真地回忆打猎时走过的每一条小路，每一道沟壑，每一块小石子，每一条小水沟，仿佛又故地重游，直到安然入睡。

我特别喜欢的一项活动是到我们家园子旁边的邻家园子里"猎取"苹果、梨和一些野果子。这些一眼望不到边的大园子都租了出去，由一些可怕的看守人看管着。尽管"猎取"果子很危险，但却特别有意思。我将"猎取"来的果子塞进怀里，再一次次运回仓库。等到午饭后妈妈躺下休息了，我才敢钻进

仓库把这些"猎物"拿出来。这时工人们正好在阴凉地里午休，于是，我们之间的交易开始了。我给他们苹果吃，而他们不白吃我的苹果，各人以不同方式报答我：有的给我编网袋，有的用芦苇和牛角给我做扎列卡木笛①，有的给我捉斑鸠，有的给我捉来长着漂亮的天蓝色羽毛、叫个不停的斑鸠。但大多数时候，他们是给我讲一些发生在金山、白水上的神奇国度里的故事和传说来回报我。

①　扎列卡木笛——俄罗斯、乌克兰、白俄罗斯、立陶宛的一种民间乐器。

3

传说里的那个神奇国度的农民生活可苦啦。事情是这样的：他们的耕地很少，而且每人仅有的耕地随着人口的增加变得更加少得可怜了，而周围的大片土地都是地主的。为了摆脱这极度的贫困和痛苦境况，农民们选出一批代表到西伯利亚勘察新的生活地域。这些人返回来后，讲了一些有关金山上神奇的国度阿尔泰的故事，把我们这些可怜的农民深深地吸引住了。我当然详细地询问过有关这个神奇国度的事情，但那些讲故事的人却巧妙地想出各种荒诞无稽的事情来骗我。只有一个绰号叫古谢克的庄稼汉，这人身材矮小，但很善良，他从不编造什么神奇国度的故事来骗我，相反却给我展示了一些真正奇妙的事情。正是他教会了我用网子捕捉鹌鹑，抚养小夜莺，教椋鸟讲话，繁殖斗鸽等许许多多奇妙的事情。更主要的是他让我明白了一个道理，就是一切禽兽都各不相同，连兔子、山雀以及所有的生物，都像人一样彼此间有着区别。这就跟我们人一样：他叫伊万，那他就是伊万，而叫彼得的则是另外一个人。在古谢克眼里连麻雀都是不一样的。他能够区分开每一只麻雀。这是我从他那儿学到的主要的东西。

古谢克是个很可怜的庄稼汉。他把很多时间耗费在各种各样的打猎上：捉鹌鹑，养鸽子，养蜜蜂和研究捕猎经验。他总是快快乐乐的，不去想什么金山上神奇国度的事情。对他来说，最神奇的国度是他的故乡——我们这儿的奥廖尔省叶列兹县赫鲁谢瓦村。而在当时我还没能从他身上学到这样纯朴的故乡感情，相反却同其他一些普通的庄稼汉一起向往着金山上的神奇国度。

9 岁的时候，我就成为一名像现在这样的猎手了，当然，那时还没有现在这样丰富的捕猎经验。要是当时我能跟古谢克多学一些了解大自然的本事该多好啊，可是我没有抓住机会。后来还是妈妈有远见，她认为我再这样下去将来会比最不幸的农民古谢克还要不幸。于是，她就送我到叶列兹县的一所古典中学学拉丁语、俄语、算术和地理。

我学习很努力，但老师们仍然认为我学习时"心不在焉"。他们不知道，我之所以不能成为一个好学生，是因为无论在白天，还是夜里在睡梦中，或是上算术课、拉丁语课、地理课的时候，我都一直不停地幻想着，怎样才能跟庄稼汉们一起到金山上的神奇国度去。在这样固执地向往了 1 年之后，我叫上 4 个伙伴，乘上小船，沿着湍急的索斯纳河往顿河方向划行，指望这样就能到达亚洲的金山。过了几天，大人们把我们捉了回来，我才明白：那个神奇的国度只是我的梦想，而现在应该实实在在地学习才对。在这件事发生之后，我就这样学习着和生活着，好像把自己积攒的东西放到两个箱子里：一个箱子里放进现在该放的东西，另一个放进未来希望得到的东西。

当然，我还是不止一次地偏离这个原则。当我必须按应该的方式生活的时候，我却按我向往的方式行动，因此常常闹出一些不愉快的事情来。比方说在学校里，就有人挖苦戏弄我说："瞧，他不是到亚洲去了吗，怎么到学校里来了！"渐渐地我弄明白了一件事，就是必须先念完中学，然后念完大学，确确实实地掌握所学的专业才行。这一切我都踏踏实实地去做了，终于，在一个我一生中值得纪念的日子里，我明白了：我

的学业结束了，我准备好了，我做了我应该做的事情，现在我可以自由地像我所希望的那样生活了。

于是我买来了猎枪、钓渔竿、小饭锅。当时在我的脑海中浮现出了一个故事，那是坐在仓库里的庄稼汉老师们给我讲过的。它说的是一个不断滚动的神奇的小圆面包带着人们到一个奇妙的国度——金山上的事情。于是，我也向着北方出发了，去寻找小圆面包,去寻找那个不知在何处的鸟兽国度。这是半个世纪以前的事了。我在北方记录了很多故事，就像我在童年时坐在仓库里往脑子里装进很多故事那样。只不过当时是听别人讲故事，而这次却是我自己在编故事，并且讲给别人听，给人们带来满足，而我自己也因此感觉非常好。我是那么狂热地爱上了这项工作。

十字路口

在某一个国度里，人们生活得越来越糟糕了，于是他们背井离乡到异地去。这时，我也想出远门了。

"奶奶，"我说，"给我烤一个神奇的小圆面包吧，让它把我带到茂密的森林里去，带到蔚蓝的海洋的那一边去吧。"

奶奶伤心地摸着箩筐，又扫了一阵子粮囤，最后捧来两捧面粉，做了一个小圆面包。小圆面包一动不动地躺了一会儿。突然它从窗台上滚到了长凳上，又从长凳上滚到地板上，沿着地板一直滚到门边，跳过门槛来到门厅里，又从门

6

厅里滚到台阶上，从台阶上又滚到院子里，从院子里滚到了大门外——越滚越远了……

在一个十字路口，它停了下来。于是我也就找了块石头坐下，环顾了一下四周。我面前的河岸上有一棵孤零零的小白桦树，正在风中哭泣，我的身后是一座城市——远远望去，城市的楼房像一条细长的缎带夹在蓝色的冻土带和白海之间。我的右边是通往北冰洋的海路，左边的岸上有一条由到寺院去的人踩出的林间小路，通往索洛韦茨基群岛。小圆面包要带我朝哪一个方向走呢——是往右到海边去，还是往左到森林去呢？

我多想和水手们一道旅行啊！但是我对大海太陌生了。而沿着旁边的这条小路到森林里去，却是我极其熟悉和感到亲切的。于是，那个神奇的小圆面包就要引着我往林子里去。

究竟往右还是往左呢，正当我犹豫不决的时候，一位老爷爷正巧从我旁边经过，我想向他打听一下路。

"你好，老爷爷！"

老人家停了下来，看着我觉得奇怪，因为我既不像朝圣者，也不像官老爷，更不像海员，就问道：

"你去哪儿？"

"老爷爷，我四海为家，只要有路的地方，有鸟飞的地方，我都要去。现在我自己也不知道，该往哪儿去。"

"你是想找事情做呢，还是为了躲清闲？"

"要是找到事情做那当然好，但是确切地说，我是在躲清闲。"

"哎，"老人摇着头说，"这世上的许多事情都在折磨着人

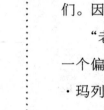

们。因此人们才背井离乡，出来躲清静……"

"老爷爷，请你告诉我，"我请求着，"在哪儿能找到那么一个偏僻的地方，那儿有像卡谢娅·别斯梅尔特娜娅和玛丽娅·玛列芙娜那样的会讲故事的老奶奶？"

"你去傻瓜村吧，"老人家回答说，"那个地方最偏僻了。"

"真是个爱开玩笑的老爷爷！"我想着，正打算用一些不伤人的玩笑话回敬他时，突然在自己随身带来的小地图上看到了"傻瓜村"的字样——这是一个位于索洛韦茨基群岛对面的白海边上的小村子。

"傻瓜村！"我大声喊道，"这不就是傻瓜村吗！"

"难道你以为我在同你开玩笑？"老人笑了，"傻瓜村是我们那儿最荒凉、最愚昧的地方。"

不知为什么我开始喜欢这个傻瓜村来了，甚至开始对老人家把这个村子称为"愚昧的"而感到不满意了。它之所以叫做傻瓜村，当然是因为那儿有傻瓜伊万诺什卡这样一些人的缘故。而只有什么都不懂得的人才把伊万诺什卡叫做傻瓜呢。

我想到那由朝圣者踏出来的一条条林中小路；想起那些小溪，在那儿可以捕鱼，并且就地煮熟了吃；想到猎取那些我所不熟悉的海鸟和野兽，这一切是那么深深地吸引着我。

"你在石头上再坐一会儿，"老爷爷说，"我觉得这里有一些可爱的小傻瓜，他们比我还会讲故事。如果我遇上了，就叫他们来找你。祝你一路顺风！"

老爷爷走了没一会儿，就来了一个拿着猎枪，背着背包的年轻人。

我觉得他好像不是用嘴，而是用眼睛说话——他的眼睛是那么明亮和纯朴。

"老爷，请你帮我们把大海分开吧！"这是他说的第一句话。

我大吃一惊。直到现在我也认为把大海分开来是不可能的事，甚至因此认为北方人的聪明之处在于将土地分成了小块，但他们却不能把大海分开来。

"我怎么能把大海分开呢？这是只有尼季达·卡热米亚卡和兹梅依·嘎雷内奇才会去做的事，但是他们也是没有能够做到的呀。"我说。

他没有说话，递上来一张纸。原来是要把一块养鲑鱼的渔场与邻村的渔场分开。

他们需要一个当官的来解决这些事，但是没有哪一个当官的愿意去傻瓜村。

"老爷，"那个农民继续恳求我，"你别推辞了，就由你本人来分吧。"

我明白了，他们把我当成有权有势的人了。在北方的民间有这样一个传说，说是一些要人有时会装扮成普通朝圣者的样子下到民间，了解民情。对这个很流行的传说，我早有耳闻，这回可糟了。

以往的经验告诉我，一旦村民们认为朝圣者中有要人出现了，那么所有的偏僻山村里的会讲故事的老奶奶瞬间就会消失，而你自己也会不再相信自己的事业，连小圆面包也会停止滚动。我开始竭力说服阿列克塞，使他相信我不是什么要人，

我是去采集神话故事的，并且告诉他我这样做的原因。

阿列克塞说，他明白了。而他那坦诚、纯洁的眼神也让我产生了信任感。

这之后，我们休息了一下，吃了点儿东西就一起上路了。小圆面包滚动起来了，并唱起一首短小的儿歌来：

我告别爷爷上路了，

我告别奶奶上路了……

森 林

也不知道我们走了多久，走了多远的路——我们终于来到了一个叫休兹玛的小村子里。我和阿列克塞在这里分手了。他继续往前走，我传信回去让家里人送条船来，打算走水路乘船去红山村——乌恩斯卡亚海湾的一座海边小村子。我们分手后，我休息了一天，然后动身去红山。

我沿着森林和海的边缘走去。这里是战争和苦难的地方。一棵棵孤零零的松树，看上去既可怕又令人伤心。这些树虽然还活着，但树枝已经断了，就好像折断了翅膀的蝴蝶一样。而有的地方的树长成密密麻麻的丛林，被迎面吹来的风向地面压去，树枝呻吟着，但仍挺立在那里，为挺拔翠绿的云杉和纯洁笔直的白桦树抵挡风的袭击。白海的高高的海岸线仿佛是某种北方野兽的坚硬脊背。在这里有很多枯死、发黑的树干，用脚

踢一下，就像踢在棺材上一样咚咚响。这儿也有一些空荡、阴暗的地方，堆着很多坟墓。但我不去考虑这些事。我走在森林里的时候，已没有战斗了，有的只是春天的景色：一棵棵被风吹歪的小白桦树毅然挺起绿色的树梢，松树也傲然挺立，威严不屈。

得给自己弄点儿吃的东西了。我是那么喜欢打猎，总是把它当做生活中的一件重要的事情来做。突然，我看到一群漂亮的杓鹬和流苏鹬飞过林中空地，但它们没有引起我的多大注意。我更感兴趣的是悄悄地去接近一些不知名的海鸟。我注意到远处的一个个小脑袋——黑色的，白色的，全都一动不动。于是，我卸下背包，把它放到一棵很显眼的松树上，接着朝那些小脑袋爬去。有时候我要爬上一两俄里远呢。北方的空气透明而清朗，因此我打老远就能看到要捕的鸟，但也经常会因搞不清实际的距离而产生视觉误差。地上的沙子、尖尖的石子和带刺的小树枝划得我的双手和双膝都流出血来，但我毫不在意。为了搞到猎物我也不知要这样地爬多远——不过这才是猎人的最大乐趣，一种介于幼稚可笑的消遣和狂热的追求之间的情趣。

这时，在蓝天和烈日下我独自一个人朝着大海的方向爬着，对此我什么也不理会，我感到内心很充实。我就像一只野兽，机敏地爬着，能听见自己的心跳声。一棵幼嫩的小树枝挡住了我的去路，它也许并无恶意，而是爱恋地、温柔地向我伸过来，但我却非常小心地拨开它，把它悄悄地压在地上，打算不弄出一点儿响声地折断它。突然，小树枝仿佛呻吟起来了

……我吓了一跳，赶紧贴着地面趴下，心想：糟了，鸟儿肯定吓跑了。等了一小会儿，我才小心地抬起头来。四周静悄悄的，太阳依旧照耀着，松树依旧枝叶凌乱，北方的白桦树依旧闪烁着耀眼的绿色，世界依然悄无声息。于是我继续朝早就瞄好的那块石头爬去，端起猎枪，打开保险，然后把枪架在厚软的地衣里，慢慢地从石头后面探出头来。

有时，我会在离我四五步远的地方遇上一群不知名的海鸟。它们有的单脚独立，睡得正香；有的在海里游着；有的歪着头，一只眼望着天。这一次，我遇上的是一只在石头上熟睡

着的鹰和一窝天鹅。

我全身猛地颤抖了一下，下不了决心向那只熟睡的鸟儿射击。我注视着鸟儿们，眼前晃动着过去的一些痛苦的经历，胳膊肘压在一根小树枝上，小树枝断了。断裂声惊动了面前的水鸟，它们惊叫着，用翅膀拍击着水面，转瞬间四散飞走了。我没有后悔，没有因为放弃猎物而生自己的气；相反，我倒因为这里只有我一个人，没有被那些猎人朋友看见而感到高兴。但有的时候我也会开枪的。鸟儿要是没被打中，我会很得意；要是被打中了，那一切就让它过去吧。而常常是鸟儿没有被完全打死，那情景才最叫人难受啊。我喜爱打猎，也热爱大自然，这两种感情之间的矛盾常常引起我深深思考……但是思考归思考，一旦在路上又碰到陌生的鸟群，我便将我的那些想法抛到脑后了，又成了一个猎人。

红山村

海边有一排排阴暗的小房子，在一棵树梢已经枯萎的松树下的一间小屋子里，就住着那么一位会讲故事的老婆婆。人们管她的小木屋叫做村里的邮站，老婆婆的职责是保证过路官员的安全。从这里往南是奥列加邮线，而我要往北去，穿过乌恩斯卡亚海湾。这以后所到之处都将是荒凉偏僻的地方。于是，我打算在老婆婆这儿休息一下，一边煎一只鸟儿做下酒菜，一边等家里的船来。

"老婆婆，"我请求道，"借我一只小煎锅，我想煎鸟儿吃。"

但是她却一脚踢开我的猎物，嘴里唠叨着：

"像你这样游手好闲的人真少见！不借，我怕你把我的锅给烧漏了。"

我记起阿列克塞曾对我说过："你在哪儿落脚都行，就是别住在邮站，那儿有一个凶狠的老太婆会吃了你。"想起他的这个忠告，我后悔自己到这个老太婆这里来了。

"你真是一个凶恶的老妖婆，像个魔鬼！"

老太婆说，马上有一位去傻瓜村划分海水的将军要到这里来，并且住我要住的房间。因此，老太婆完全可以以此为借口把我赶走。

这个消息叫我又是吃惊又是沮丧，但还没等我张嘴说话，那老太婆向窗外望了一眼，突然说道：

"你看，接将军的人来了。那不是从海边过来了吗。是阿列克塞派来的人。快来吧，快来吧，我的老爷，也不知你走到哪儿去了。"

说完这话，老太婆又打量了我一下，"啊"地叫了一声，说道：

"莫非你就是将军?！"

"不，不，老婆婆，"我急忙说，"我不是将军，但这条船却是来接我的。"

"果真如此！真是一场误会！大人，请你原谅我这个老太婆的无礼！我拥护您推行的政策，现在人们仍在执行您的政

策。这是大势所趋，整个夏天都在执行您的政策呢。玛里尤什卡，你快去收拾鸡，我来煎蛋。"

我央求老婆婆相信我的话，但她却深信我是将军，并且，我发现人们已经开始热热闹闹地为我拔鸡毛了。

就在这时候，三个男人和两个女人走了进来——这是白海邮船上的全体船工了。一位上了岁数的老头儿是船老大，大家管他叫"卡尔什克"，其他四个人是船夫：两个面孔粗糙的妇女，一个长胡子的小个子男人和一个留着浅色头发、单纯得很像傻瓜伊万诺什卡的年轻小伙子。

我成了将军，所有的人都过来和我握手问好。大家坐在长凳上，和我一起分享着煎蛋和煎鸟。然后，那个不怎么答理我的小个子男人开始冲着一个女人不停地说俏皮话，那个女人则像一个装满笑声的炸弹，笑个不停。小个子男人胡乱闲扯着，"炸弹"一边爆炸，一边不停地说着："哎呀，笑死我了，斯捷潘！斯捷潘的故事总是五花八门。瞧，我非把他那可爱的胡子绕在我的拳头上拔下来不可。"

但是我竟成了将军，这该怎么办呢？这简直叫人感到难堪。莫非这就是那个不曾有显要人物来过的、人们都像海边的鸟儿一样自由生活的国度？

"请你来吧，请你来吧，"大家说，"我们的人民善良而好客。我们住在海边，与世隔绝，夏天捕鲑鱼，冬天捉野兽。我们这儿的人温和谦顺，没有怨恨，就是有点儿笨手笨脚。请你来吧。"

我们坐着闲谈着，不知不觉傍晚来临，白海边的白夜降临

了。我开始觉得我好像正悄悄地接近岸边的鸟群，正从一块白色的石头后面探出头来；又好像见到了一个黑色的蚂蚁窝，而周围的人谁也不知道这是一个凶狠的野兽，而并不是蚂蚁窝。这就是我此时的心情。

斯捷潘开始讲故事，故事很长，讲的是一对长着金色鳍的梅花鲈的故事。

大　海

我们在天刚蒙蒙亮的时候出发了，这时正赶上"春汛"（涨潮的时候）。白海的海水每 6 小时涨一次，6 小时后又退去。而在"河水减少"时（退潮的时候），有些地方我们的船就不能行驶了。

日子一天天过去，夜晚越来越短暂了，因为我们向着北方走去，时间也随之变化着。我好奇地迎接每一个这样的夜晚，即使心神不宁的、失眠的夜晚也并不使我感到不安。我已习惯在白天睡觉了。

小个子男人仍在不停地絮叨着他的故事。我觉得他的故事很有趣，所以也就被吸引着走进小木屋里听他讲故事。尽管屋外是一片茫茫的海水，我仍然能想象出路上金色的水洼里所发生的事情。

"你们那儿的太阳也会落山吗？"我打断他的故事问道。

"你以为太阳总挂在天上就不累呀，它会像鸭子一样钻到

水里——然后再钻出来。"

故事接着讲下去，小水洼又闪闪发亮了。有人发出了鼾声。

"你们都睡着了吗，基督的信徒们？"讲故事的人停下来问道。

"没有，没有，你讲吧，别吊人胃口了，老爷子！"

"还想听吗？我可还有一个有意思的故事，讲的是一些妙不可言、奇奇怪怪的事儿。"

"别吊人胃口了，快讲吧，老爷子。"

接着，他的故事又像刚才那样絮叨开了。

船长爷爷打起鼾来，伊万诺什卡也低下了头，一个女人睡熟了，另一个也睡着了。

"大家都睡了，信徒们？"小个子男人又喊叫起来了。

"没有，我还没有睡，你讲吧。"

"这时奔来一位黑色骑士：马是黑色的，马具也是黑色的……"

连讲故事的人都快睡着了，他嘟哝着，勉强能听到他嘴里发出的声音……我也在昏昏欲睡……尽管如此，我还是尽力听着。我似乎觉得，有那么一个讲故事的老奶奶变成了 4 个人，房间的各个角落里都有一个穿衣服的女巫师在盯着我。

卓里卡、韦切尔卡、巴鲁诺奇卡从我眼前跑过去了，又有一个白衣骑士跑过去了，他骑着白色的马，马具也是白色的……

讲故事的人突然醒了，说道：

"起来吧,信徒们,水涨上来了,快起来!不然上帝会让你们生病的。快到船里睡去。"

于是,我们就沿着岸边的沙地静静地向海边走去。身后沙地上的小村子似乎变成了一团团幽灵,目送着我们离开。

"睡吧,睡吧,亲爱的,我们是自己人。"我们对"幽灵"说。

"多安静啊!"一个女人低声说。

"多美啊!"伊万诺什卡附和着。

女人陷入了沉思,她忘记了自己那张不好看的面孔,坐在小船里,心早就沿着彩色的带子飞远了。她的面孔似乎变得很美丽了,照亮了整个大海和天空。伊万诺什卡手里的船桨"啦"地响了一下,惊醒了水里火红色的涟漪。

"水波荡漾……"

"瞧,那里有一只帆,一定是条船了!"

所有的人都冲着我笑了。

"那不是帆,而是一只海鸥在石头上睡觉呢。"

我们渐渐驶近了它。海鸥懒洋洋地伸了伸翅膀,打着哈欠,向远远的海面飞去了。它飞着,好像知道要往哪儿飞和为什么往哪儿飞似的。但它究竟要往哪儿飞呢?远处还会有石头让它休息吗?不,它是往海的深处飞,那里不可能再有石头了。

这是什么?是闪亮的利箭在"嗖嗖"作响吗?还是我们南方草原的景色出现在北方这块土地上了呢?

"这是什么啊,信徒们?"

"是睡醒的鹤群在飞翔啊。"

"那最上边的是什么？"

"是一只号叫着的潜水鸟。"

一只白色的海鸥向着海的深处飞去，它越飞越远，变成了一个神秘的小黑点儿，最后消失得无影无踪了。一群老雁一只接一只地、整整齐齐地拉成一条黑线，也朝着那个方向飞去。

紧接着无数只水鸭、海鸥成群结队地蜂拥而来。但奇怪的是它们都朝着一个方向——向着火红的海天交界处飞去。它们无声无息地飞着，只听见翅膀扇起的"呼呼"声。

不一会儿，鸟儿又从四面八方喧叫着飞来，就在小船的周围这无数群鸟儿又突然散了开来——它们不停地唠叨着，鸣叫着，就像农村姑娘过节时的情景。海里那金色的、蓝色的、绿色的涟漪也欢快地舞蹈着、蹦跳着。那个有趣的小个子男人仍旧和一个女人开着玩笑。远处岸边水花击岸的声音也渐渐静息了。

"伊万申卡，伊万申卡，快上岸吧——小山岗那边的松树和岩石在召唤你呢。"

"小船啊，小船，你划得再远些吧。"伊万诺什卡一边漫不经心地微笑着，一边用船桨滑稽地打捞着海面火红的波纹。这时女人们唱起一首古老的俄罗斯民歌，歌唱皮肤白皙的美人，歌唱茂密娇嫩的青草。海风从身边经过，拾起歌声，轻轻拍打着，扬起船帆，又将歌儿扔到水里，搅乱了火红的涟漪。于是，小船像摇篮一样轻轻摇动着。人们的思绪也变得越来越温和，越来越倦怠。

"要是能喝上一杯该多好……"

"可以，可以……女人们，烧起茶炊吧！"

人们点起火，烧上茶炊，打算在这条小船上，在大海上喝一杯茶来消磨时光。小茶杯在人们手里转了一圈，停在两个女人面前。她们稍稍扭捏了一下就一饮而尽。真是幸福极了，快乐极了！此时此刻，我简直再无所奢求了。

"而你，伊万诺什卡，有没有自己的玛丽娅·玛列芙娜？"

这个愚笨的王子没有听懂我的话。

"喏，就是说爱。你爱过谁吗？"

他还是没懂我的意思。我想起来了：在日常的百姓语言中"爱"不是一个好词，它的意思是"粗鲁、淫荡的性爱"，这是很难于启齿的话。这个词会使农村姑娘羞红脖子，会使粗鲁笨拙的小伙子哑口无言，态度暧昧。这的确是无法用语言来回答的。好像在一首歌中还唱过这方面的内容。总之，在日常生活中"爱"这个词是不好的、侮辱性的词汇。

"你想结婚吗？你有未婚妻吗？"

"有，但是我爹还没有给我准备好，房子还没盖起来。他又不愿找人帮忙。"

两个女人听到这话，可怜起伊万诺什卡来。现在年景不好，海里的鲑鱼也越来越少，而花销却越来越大了。往年可好过多了：只花10卢布就能娶回卡捷琳娜，而像巴维尔这样的好小伙子，他只要付3卢布，对方就能同意喝许婚酒的。

"她就是亲爱的玛丽娅·玛列芙娜吗？"

"你两手空空是得不到人的，不如私奔吧。"

"对，对，"我怂恿着，"应该把玛丽娅·玛列芙娜偷出来。"

"这么亮的夜晚，你去偷偷试试，非倒霉不可。我们那儿就有这么一个人干过这样的蠢事，结果给捉住了，被打得遍体鳞伤。到秋天的时候，夜晚会黑下来，也许那时候去偷比较合适。"

我知道，也想象得出北方的那些清亮、透明的夜晚。

太累了！太累了！现在要是能回到我们南方的黑漆漆的夜里，再美美地睡上一觉该多好啊！睡吧，睡吧……大海像一只摇篮，摇来摇去。

点缀着无数颗星星和月亮的黑衣美人留着长长的发辫，她弯下身来，喃喃地低语着：

亲爱的，睡吧，闭上一只眼睛，睡吧，再闭上另一只眼睛……

我们的船突然抖动起来：就在离我们很近的水面上露出一个很大的银白色的脊背，它比我们的船还要大得多。这个怪物在水面上划了一条明亮的弧线后，又消失在水中了。

"那是什么？是白鲸吗？"我迟疑地问道。

"是它，是它。在那儿！"

"在那儿！在那儿！活像一大块冰！能吸干海水的冰！"

我认出这是北方一种体态庞大的海豚类动物，对人没有危险。但是如果它突然从船边冒出来，尾巴万一钩到船上，该怎么办呢？

"没事，没事啊，"同伴安慰我说，"不会有这种事发

生的。"

于是，他们你一言我一语地给我讲述捕捉这种白鲸的故事。有一次，也像现在这样，人们看见白鲸银白色的脊背在太阳下闪闪发光，于是，村里所有的人都向海边奔来。他们每个人的手里举着两只大网，再用这些网缝成了一个长达3俄里多的大网。整整一大队船只出海了，男女老少都上了船。当白鲸被网住时，人们就拿大渔叉托住它。

"真是一件愉快的事情！一边给女人洗澡，一边就把它给捉住了。叽叽喳喳的真有意思！女人们也不是没用的，她们也能把白鲸劈开，也会收拾鱼的。"

这是一幅多么和谐的场景啊！这是发生在海面上的一幅神话般的战斗场景……

海风推动着我们的小船沿着海岸线飞快地行驶着。伊万诺什卡不再划船，他坐在船边打着盹。两个女人早就一个挨一个地在船中央熄了火的茶炊边躺了下来。小个子男人转到船头，也昏沉沉地睡去了。

只有船长没睡，他是一个沉默寡言的北方老人。在船尾附近人们搭起了一个遮雨用的棚子——很像我们家乡路上跑的轻便马车的车斗。可以钻到里面，躺在干草上打个盹。于是我就钻了进去，躺下打起盹来。眼前时而出现一个留着大胡子的男人，时而出现白鲸闪出的银白色的亮点，时而又什么都没有了——只有小棚子里黑暗中闪动着的红色火苗和迸发出来的火星了。

北方的白天是冷漠和理性的，然而也被一个接一个的神话传说、漫长的白夜和流浪的生活所搅乱了。

我醒来了。太阳依然挂在海面上。神话仿佛依然在继续。

高处的海岸上到处可以见到高大挺拔的北方松树。在一个小土岗和海岸间的沙地上出现了一个从未见过的小村子。村子上方是一座木结构的教堂，而每家每户的木屋前都立着一个大的八角形的十字架。我看见在一家门前的十字架上有一只大白鸟。就在这家屋后的山顶上，姑娘们正跳着轮舞，唱着歌。她们身上的服饰闪着金色的光，那情景与我在这里听到的那些民间神话故事里讲的一模一样。

"过节了！"伊万诺什卡说，"姑娘们跑到山顶上唱起歌来了呢。"

"过节了，过节了！"船上的两个女人对海风能把他们送回家感到非常高兴。

山顶上闪动着姑娘们雪白的臂膀、金色的皮坎肩和她们高高缠起的头巾。山下面，一群从海里钻出来的皮肤黝黑、留着

长胡子的人们正一动不动地坐在黄色的沙滩上，那情景倒很像是一群上岸来晒太阳的白海海豹。我猜想他们一定是在缝那捕海豚用的渔网呢。

我们来的真不是时候——正赶上退潮。

在我们的船和沙岸之间有一大片黑色地带，上面到处是石头、水洼和水草。许多船只停泊在这里，露出各种捕鱼器具。这是海水刚刚退去后留下的痕迹。

我们只好下了船，踩着齐膝深的泥水向岸边走去。有很多男孩子正撩着衣服，试探着在水里踏来踏去，嘴里还唱着歌。

"孩子们，你们在这儿做什么呢？"

"我们在找比目鱼。"

果真，他们当着我的面从水里抓出许多眼睛几乎都长在同一边的鱼来。孩子们唱着：

木利亚，木利亚，你快来，带它一大群，

一个带两个，带三个，或者整整带四个……

"木利亚"是一种特别小的鱼，退潮时，孩子们一听到这首儿歌，大概就都从山上跑下来赶潮了，或许，可爱的大海会给他们留下许多小鱼哩。

见我关注这群孩子，老船长笑了，说道：

"渔家的孩子想的就是打鱼。"

我们总算走上岸来了。眼前的果真不是什么海洋动物，而是一大群人正坐在沙地上：好些令人尊敬的留着大胡子的人们

正盘腿而坐，把一根根细绳弄乱，又解开——他们在编织渔网。跟随我一起上岸的人也加入了他们的行列，只有那两个女人进了村子，大概，是想到山顶上去吧。矮个子男人找来一团纱线，把一头系在远处一个胡同的拐角处，开始又搓又揉，慢慢向后退着。

搓呀搓呀，绳子越来越长，他本人也一点点倒退着。在他身后相反的方向也有一个矮个子男人边退边搓着纱。这两个滑稽可笑的老头儿不知什么时候会撞在一起。

伊万诺什卡叫我去见见他的玛丽娅·玛列芙娜。

于是我们就上了山冈。

"你们好，美人们！"

"欢迎你们来，小伙子们！"

姑娘们穿着锦缎织成的皮坎肩，戴着高高的珍珠点缀的漂亮的帽子，身子一会儿前，一会儿后地摆动着。这时我和伊万诺什卡正站在山冈的背面，在这里看不见村子，所见的到处是海水，而姑娘们就仿佛是从海里冒出来的。

有一个姑娘走在最前面：她面孔白净，眉毛闪着亮光，辫子长长的，让我想起在我们南方点缀着星星和月亮的黑色夜美人来。

"这就是你的玛丽娅·玛列芙娜吗？"

"这就是……"伊万诺什卡小声说道，"她父亲就住在那儿——那座带十字架的大房子里。"

"是卡谢依·别斯梅尔特内依吗？"我问。

"一点儿不错，是卡谢依，"伊万诺什卡大声地笑着，"卡

谢依是个富翁。要是你愿意的话，你今天就可以到他家过夜，住一阵子也行。"

太阳停在海平面上，像是害怕碰到冰冷的海水一样，不敢落下来。卡谢依家的十字架在斜阳下朝着小山冈的方向拖着长长的影子。

我们向他家走去。

"你们好！欢迎，请进！"

一个眼睛布满血丝、胡子稀疏、骨瘦如柴的老头把我们带到上面一间"干净的"房间里。

"你歇着吧，歇着吧。没关系。请随便吧。走了这么远的路，一定累坏了。"

我躺下来，依旧觉得像在船里那样，身子在晃来晃去。就这样晃了一会儿，突然醒悟到这已不是在船上，而是在岸上村民的家里了。于是有一瞬间又不摇晃了——但马上又摇晃了起来。我时而睡着，时而又睁开眼睛醒来。

我面前的窗子外面是一个大的八角形的十字架和被半夜的霞光烧得通红的大海。海岸上，人们仍在织网，那两个滑稽可笑的老头儿仍在搓纱绳，仍没有撞在一起。

睡吧，睡吧……大海像一只摇篮，摇来摇去。

万籁俱寂。人们睡了。在这样明亮的夜晚他们怎么能睡得着呢？

在玛丽娅·玛列芙娜家做客

　　神奇的小圆面包在这个新的地方高兴得又蹦又跳。

　　那首歌儿也显得更加嘹亮和充满活力："我告别爷爷上路了，我告别奶奶上路了……"

　　就这样我被安置在这个海边富户的所谓"干净的"房间里。房子中间的天花板上低垂下一个用木头雕成的瓦蓝色的小鸽子。这是一间招待客人的房间，在楼上，而下面是主人住的地方。从那里传来有节奏的敲击声："啪，啪"，很像农村里纺纱机发出来的声音。

　　避开闹市来到一个新地方、一个充满神奇色彩的地方，真是太好了。而能够接触到人类生活中梦幻般美好的一面，并且相信这是一件重要的事情，就更是妙不可言了。我清醒地意识到这次旅行不会很快就结束。只要小圆面包的歌声一停，我就要继续前行，前面还有更加神奇的事情等着我。夜晚将会越来越明亮，在离这儿很远的地方，在北极圈里，在拉普兰，将会出现真正的阳光明媚的夜晚。

　　我洗漱完毕，心情格外地好。

　　我所梦想的一切就从这样的一个早晨开始了。在这里我能去我想去的地方，尽管我是孤身一人，但这孤单的生活丝毫没有约束住我，相反，却使我更加自由了。如果想与人交往，那么人群随时都在身边。难道在农村还愁见不到人吗？在那

里，心灵越单纯，就越容易明了事物间的联系。也许，当我到达拉普兰的时候，会发现那儿没有人，只有飞禽野兽。那时该怎么办呢？而再以后，会只剩下黑色的山岩和天空中永不消失的太阳来陪伴我吗？那该怎么办呢？到处是石头，到处是灿烂的阳光……不，我可不希望这样。我开始感到害怕……哪怕走到天涯海角，对我来讲也必须有人的足迹才行。到底该怎么办呢？嗨，管它呢，走一步瞧一步吧：

> 我告别爷爷上路了，
>
> 我告别奶奶上路了……

神奇的小圆面包带着我沿着楼梯跑了下来。

"啪！啪！"楼下一直有声音，莫非有人在下面？

玛丽娅·玛列芙娜坐在一张小桌子旁，摆弄着一根根细线，还敲来敲去的。只有她一个人在那里。

"你好，玛丽娅·玛列芙娜，怎么称呼你呢？"

"玛莎。"

"真的也这么叫吗？"（玛丽娅的爱称叫玛莎——译者）

公主笑了。

啊，她有一副多么令人愉快的牙齿呀！

"你想喝杯茶吗？"

"来一杯吧。"

我坐在长凳上，身后的墙上有一个窟窿，可以伸过一只手，洞口用一个木塞子密实地塞住。这是古代俄罗斯时期，向

人施舍时用的。

"这是什么？"我指着机器上的零件问道。

"这是……"她一件一件告诉我。

我询问着屋子里所有的物件，还需要煞费苦心地去想怎样跟这位美丽的公主交谈吗？当然不用。我们一直在一件一件地说着，一件一件地记着。渐渐地我们熟识了，接近了，然后又都默不作声了。

屋子里大而温暖的俄式炉子正燃着旺火。这种著名的炉子是俄罗斯神话故事中不可缺少的。这儿还有平坦的火炕，神话故事中的老头儿总是从这儿冒出来，掉进盛满焦油的大圆桶里。他那张大嘴巴足以把凶恶的女巫婆吞进去。而炉子下面的空地上，总会跳出一只小老鼠，蹭到一位美丽的少女脚下。

"玛莎，谢谢你的茶水，为了这个我也要替伊万诺什卡向你提亲。"公主的两腮羞红了，比炉中的火苗还要红。她嗔怒而自负地说道：

"女不嫌家穷！别人家虽好，可我不稀罕。"

"她在说谎，"我想，"她心里其实是很高兴的。"

我和公主的关系渐渐地亲近了些，她好像想对我说点儿什么，但还是没能开口。她靠在墙边，犹豫了半天，才终于走近我，在我身边坐了下来。她的眼光从我的靴子上移到衣服上，最后停在我的脸上，温柔地说道：

"你真坏！"

"别这样，别这样，"我赶紧说道，"我是给伊万诺什卡来提亲的。"

家园的故事丛书

　　她没有明白我的话，也不听我说话。她靠近我坐着完全是出于友谊的缘故，这一点我马上也就明白了。难道装在黑框里的铅笔、记事本、手表、照相机这些东西不比任何语言都能说明我是一个有趣的客人吗？我从她手里拿回照片，这时我们已经成了朋友了。

　　"咱们去捉鲑鱼吧！"她提议，语气很随便。

　　"好吧。"

　　就在我们在岸上忙着弄船的时候，伊万诺什卡不知从哪儿冒了出来，他帮我们弄好船，并随我们一起出海了。我成了小说里的第三者。看来，伊万诺什卡想对公主说什么，但后者表现得很有分寸：她斜着眼看着我，不屑一顾地说道：

"别弄湿了你的嘴巴，我不想说话。"

我们谈起鲑鱼——就像坐在客厅里谈论着一件艺术品一样。

"要知道，"伊万诺什卡对我说，"鲑鱼游的速度很快。通常人类在白天活动，而鲑鱼却在夜里出来。咱们就在它常出没的地方放陷网和索套吧。"

他们把这种陷网拿给我看：它是由几片网织成的，鱼只能进，不能出。我们把船停在索套附近，往水里观望着，等待鱼儿上套。好在这儿有一对恋人陪我，要是就我一个人坐在这摇来摇去的船上会怎么样呢？

"下一次要是你一个人来，"伊万诺什卡猜中了我的心思，"你就是坐上一个星期，两个星期，甚至一个月，也未必会钓到鱼，就算顺手钓到了，那也得花很大功夫才行。"

离我们稍远一点儿的地方也有这样一条船在荡来荡去，再远处依次出现一些船只……这儿的人就是这样在船里一等就是几个星期、几个月，一年四季地看守着渔网，以防鲑鱼从网中溜走。不，我可没有这么好的耐心。不过，你要是听听那波涛拍岸声，或者把这北方的各种景色画在画布上，那可不是单调的声音和色彩啊，那是几十种色调啊。与北方含蓄的自然之美相比，我们南方的风景则显得过于笨拙和浓重了。

我想得入了迷。要是我是一个渔夫的话，恐怕鲑鱼早就溜走了。幸亏玛丽娅·玛列芙娜用拳头戳了我的腰一下。

"鲑鱼！鲑鱼！"她小声说道。

"鱼鳍都干了。"伊万诺什卡也随着她说道。

看来鱼早就进网了，而且已经浮了上来，鱼鳍露出了水面。

我们赶紧收网，但拖上来的却不是可爱的鲑鱼，而是一只没有多大用处的豚鼠。

那一对恋人哈哈大笑起来。

于是，他们可有话题戏弄我了：

"鲑鱼、鲑鱼没逮着，逮只豚鼠回家来！"

要不是突然间被一件大事打断，真不知道我们的海上田园梦要持续多久呢。

起初，我看到岸上有两伙渔民聚到一起，接着又来了一伙，不一会儿，村里的人都赶来了，连妇女和孩子也来了，甚至那两个滑稽可笑的老头儿也扔掉手里的线团，站到了人群边上。接着，传来莫名其妙的吵闹声、喊叫声和谩骂声。

我看见卡谢依·别斯梅尔特内依从人群中跑了出来，像是要指挥这场白海岸边的音乐会似的。他飘着稀疏的大胡子，站到了人群面前。

吵闹声渐渐平息下来。人群中走出来 10 位头发花白的智慧老人，向着卡谢依家走去。岸上剩下的人又原地在沙滩上坐下。卡谢依则走到岸边，冲着我们喊道：

"把船划过来，玛莎！"

我抱起豚鼠，伊万诺什卡也坐下来，玛丽娅·玛列芙娜开始向岸边划船。

"先生，老人们想跟你谈谈。"卡谢依在我们下船时对我说。

"要倒霉了！要倒霉了！"神奇的小圆面包似乎在悄悄地对我说。

我随他一起走进小木屋。老人们从长凳上站起来，郑重其事地欢迎我们。

"这是干什么？你们要做什么？"我满脸疑惑。

他们看着我手里的豚鼠，一边笑着，一边说道：

"鲑鱼、鲑鱼没逮着，逮只豚鼠回家来！"

他们回忆说，有一次有一个人家的陷网里钻进了一只髯海豹，而还有一家的网里则钻进一只环斑海豹，更有意思的是，有的人从自家的网里拖上来一个"四不像"的动物。

这一场表面上热热闹闹的谈话一直持续了很长时间。最后，众人渐渐停下来，只有一个离我最近的人，还像掉了队的雁一样，嘴里反复念叨着："鲑鱼、鲑鱼没逮着，逮只豚鼠回家来！"

"究竟是怎么回事？你们要我做什么？"对于这难堪的沉默，我终于忍不住了。

回答我的是一位年纪最长的、被认为最贤明的老人：

"前不久，有一个从傻瓜村来的人到我们这儿来过……"

"阿列克塞！"我一下子记起来了，正是由于他的缘故，我才在邮站的老婆婆那儿摇身变成了将军。大概，又要发生类似的事了。啊，再见了，我的神话故事！

"是叫阿列克塞吗？"我问道。

家园的故事丛书

"是叫阿列克塞！是叫阿列克塞！"10 个人异口同声地回答。那位最贤明的、头发花白的老人接着说道：

"阿列克塞曾说过：有一位国家杜马的官员奉皇帝陛下的命令到傻瓜村来分海。看来，你就是那位官员了，向你致敬，大人，请接受我们敬上的小鲑鱼！"

老人给我捧上来一条沉甸甸的大鲑鱼。我不知所措地解释说，我正抱着豚鼠，不能再拿鲑鱼了。

"把这破烂货扔了吧，你要它做什么？瞧，我们给你捉的这条鲑鱼有多大！"

这时另一位老人从怀里掏出一张纸，递给我。我念道：

呈文

国家杜马照相部官员阁下：

　　因本地居民人口倍增，而海水渔区未变，居民生活艰苦。愿请阁下仁慈为怀，体谅民情，为民众划分海域。

这是怎么回事？我简直不相信自己的眼睛……突然，我想起来了：在一个邮站，我曾向当地的居民借过马匹，而当时我在借据上署的是"地理协会"的字样。并且我身上还带有照相机……也许，就是因为这些我才被他们误认为是什么杜马照相部的官员的。我记得阿列克塞对我讲过有那么两个村子，说那里的村民之间矛盾很大，但是从来就没有上级官员来帮助他们调解过。

于是我脑子里便产生了一个念头：为什么我不帮助这些人把海域分开而解除他们之间的矛盾呢？

"好吧，"我对老人们说，"好吧，朋友们，我帮你们分海域。"

我需要详细统计一下村里的经济情况。于是，我拿出记事本、铅笔，从人民生活的根本点——农耕作上开始问起。

"尊敬的长辈们，你们这儿都种什么？"

"老爷，我们什么都种，但什么都长不出来。"

我把这些记在本子上，然后又问到他们的日常需求，从中我了解到：一个 6 口人的中等家庭需要 12 袋面粉，除了这些必需品外，还有一些额外的奢侈品。比如面包圈，逢年过节吃的胡桃，用白面粉做的面糊糊他们也很喜欢吃。

"从哪儿弄到钱来买这些东西呢？"

"说得好，你去问吧，看我们能从哪儿弄到钱！"10 个人异口同声说。

但我总算还是弄明白了：这些钱是靠卖野兽、宽突鳕、鲱鱼和鲑鱼赚来的。

我还了解到，除鲑鱼外，这些渔猎品的数量很少，而且还得靠偶然机会。

"那么就只有靠鲑鱼来养活你们了？"

"是的，亲爱的。希望你仁慈为怀，帮助我们重新划分海域吧！"

老人们说出了人数，我记了下来。

"算上女人了吗？"

"没有，女人没算在内。她们算什么！"

之后，我又了解到：属于这个村子的海岸线一边长12俄里，另一边长8俄里，每1俄里是一个渔场。我记下了这些渔场的名称：鸬鹚，小狼，士兵……从他们口中我还了解到：这些渔场是按一种特别的方式——抽签来划分的。我还记下了农民的和西斯克、居科尔斯克、霍耳莫戈雷三处修道院的高级僧侣们的渔场的数量。

同样，我也详细地了解了邻村傻瓜村的情况。但最令我不解的是几位长者对比他们村穷的邻村傻瓜村渔场所提出来的要求。

"令人尊敬的聪明的长辈们！"最后我说道，"没有邻村人在场，我不能分海：马上派伊万诺什卡去请邻村的村民代表来。"

老人们都抚着胡子，默不作声。

"请那些傻瓜来干什么？"

"干什么，分海呀！"

"又不跟他们分海！"大家异口同声地说道，"傻瓜们并没有得罪我们。他们跟卓拉基查村分海，跟我们没关系。我们是要与僧侣们分海。那些傻瓜们，让他们与卓拉基查村去分吧。现在的问题是僧侣们占去了我们这儿最好的渔场。"

"他们怎么胆敢这样做？有法律依据吗？"

"老爷，他们的法律早就有了，还是玛尔法·巴萨特尼扎①时代就有了。"

"你们遵守这些……法律吗？"

老人们捋着胡子，磨磨蹭蹭地不说话，显然是遵守的。

"既然这些僧侣们自古以来就有法律规定，那我怎么给你

————————

① 玛尔法·巴萨特尼扎——女城总管，诺夫戈罗德城总管波列茨基之妻。丈夫死后，她领导了诺夫戈罗德城的反动贵族集团，反对把俄罗斯的土地并归莫斯科统一管理。1478 年，诺夫戈罗德与莫斯科大公国合并后，她被监禁在修道院。

们划分海水呢?"

"大人,我们觉得,你是国家杜马派来的人,你为什么不把这些僧侣们赶走呢?"

在他们说这句话之前,我还寄希望在我的小本子上找到令人信服的数字来划分海水,把幻想、科学和现实结合起来。但是他们却用了一个关键的词"赶走"——意思很简单明了:在这里我是将军或者说我是国家杜马中的官员,为什么不把这些僧侣们赶走?鲑鱼为什么要给他们呢?我应该是那些摆在僧侣餐桌上的大鱼的敌人才对。把他们赶走!但是,我不能这样做。此刻我觉得自己好像成了那条落网的豚鼠,无论怎么挣扎,也难逃结实的绳网。我的脑子里仍在机械地数着人数、捕获量,但思绪却越来越乱了。

"鲑鱼、鲑鱼没逮着,逮只豚鼠回家来!"老者们一定在这样想。

角落里闪动着玛丽娅·玛列芙娜雪白的牙齿,我的天啊,那个神奇的小圆面包也在哈哈大笑呢!

阳光明媚的夜晚

离索洛威茨群岛越远,海上出现的荒凉礁石也就越多。这些礁石有的是光秃秃的,有的则长满树木。这就是卡累利阿

——也就是卡列瓦拉①，是卡累利阿各村落里的民间行吟诗人仍在歌颂的地方。这里出现了拉普兰山脉，卡列瓦拉的英雄们差一点在这儿殉难。

科拉半岛——在20世纪前还是欧洲唯一的一个陌生的角落。这儿的拉普兰人②，是被人类文明遗忘了的一个部落，在欧洲，在不久前（18世纪末）还流传着许多有关它的极为可怕的神话传说。有许多人认为，拉普兰人的身体上遮满发辫，毛发坚硬，认为他们只有一只眼睛，随身带着鹿群，像云一样，从一个地方迁徙到另一个地方。对此，科学家们持反对的态度。可以完全肯定地说，到目前为止，人们还不能确切地说出这是一个怎样的民族，也许，是芬兰人的后裔吧。

我得经过坎达拉克沙到科拉去，这段路相当长，要步行230俄里和走一部分水路。路上要穿越森林、高山湖泊和在俄罗斯境内的一段拉普兰山脉。这条山脉与挪威北部毗邻，与斯堪的那维亚山脉和白雪皑皑的高大的希宾山脉相交。路上的行人告诉我，那儿的鱼和鸟多得数不过来，还说拉普兰人是靠捕猎野鹿、熊和貂等为生的。

即便我是一个猎人，在听了这些故事之后，也会惊骇不已。听得越多，我越觉得自己仿佛变成了一个小男孩，闯到了一个神秘的国度里。

---

① 《卡列瓦拉》——卡累利阿芬兰的民族史诗。是根据传说中的卡列瓦拉国家的英雄们的功勋和冒险故事编成的。《卡列瓦拉》以高度的美学价值著称，由Э.廖斯曼特编撰，并于1835年发表，已译成世界上许多国家的语言。

② 拉普兰人——即拉普人，居住在斯堪的那维亚半岛北部和科拉半岛西部一带（前苏联、芬兰、瑞典和挪威境内）的民族。

这是一个没有名字的国度！是我们在遥远的童年时代就向往的地方！当时，我们时而觉得它在亚洲，时而觉得在非洲，时而又觉得好像在美洲。但它是没有一定界线的。它从我们教室窗外的那片可以看得见的林子开始，漫无边际地延伸开来。我们就曾跑到那里去，流浪了很长时间之后，被大人们像捉小流浪汉一样捉回，锁进屋里不让出来。大人们惩罚我们，劝说我们，嘲笑我们，用尽各种办法向我们证明没有这样的国度。但是，现在，在这长满古老的松树的石墙边，在这荒无人烟的拉普兰边上，我痛苦地感觉到大人们说的那些话是错误的。

孩子们寻找的国度是存在的。

无论我在哪里，尤其是在这一路上，我更加明白了一点：为了达到某个明确的目的，必须付出自己的心力，更何况现在有很多人帮忙呢。

站在拉普兰面前，我在脑海里极力搜索着我所知道的有关它的一切。当地的居民马上跑来帮助我了：其中有在拉普兰人中生活了20年的神甫，有收购拉普兰人毛皮的商人，有沿海的居民和到处流浪的阅历丰富的亚美尼亚人。大家把知道的一切都告诉了我，而我也把所有的疑问都提了出来。我想起科学家们争论了很长时间的一个可笑的话题：拉普兰人是白人还是黑人？有的旅行者看到黑发男子，就把所有拉普兰人说成是黑人，而有的人看到的是淡黄色的头发的男子，就说是白人。

"他们为什么不去问问当地邻近部落的人呢？让我来试试吧。"我想道。

"他们是白人还是黑人？"我问一个沿海居民。

他笑了。多么奇怪的问题！他一辈子与拉普兰人打交道，却不能说出他们是什么样的人。

"他们什么样皮肤的都有，"他终于回答道，"像我们一样。脸长得也跟我们很像。但涅涅茨人①却跟我们不一样：他们两眼之间的距离比较宽。拉普兰人的脸是尖尖的。"

然后，他又告诉我说拉普兰女人长得很矮小。接着，他又讲了一些拉普兰人生活上的事。

"生活！拉普兰人的生活！拉普兰人的生活方式很简单，他们随身带着所有的家当，甚至连鹿和狗都随身带着。他们还捕鱼。搭个帐篷，生起炉火，再放上一个小锅——这就是他们全部的生活了。"

"不可能，"我笑了，"人的生活不可能只是吃饭和捕鹿吧。他们一定也有爱情，有家庭，而且还会唱歌的。"

对方点了点头，接着说道：

"拉普兰人的歌声多么迷人啊！无论干活，还是骑马时，他们都唱歌。甚至捕鹿的时候也唱歌。多么迷人的野鹿啊！待嫁的姑娘——也一样穿着美丽的衣服。咱们现在就去那儿吧。"说到最后，他竟然唱起歌来：

"我们走呀走……"

从那个人那儿回来后，我又去找神甫。

---

① 涅涅茨人——前苏联的一个少数民族。

家园的故事丛书

"拉普兰人，"神甫说道，"是一个有着浓厚的风俗习尚的部落。"

"什么意思？"

"就是说他们有良好的风尚。你一到他们那儿，他们会马上热情地向你让坐，请坐呀，请坐呀。他们可爱自己的家庭，爱自己的孩子啦。可以说，那儿的孩子们生活得很开心。他们的确是一个有着良好风俗习尚的部落。只是很胆小，对人从不敢直视。只要一听到桨声，他们就立刻警觉地竖起耳朵。并且，那个地方——既偏僻又荒凉。"

拉普兰位于北极圈内，在那里夏天总是能见到太阳，而冬天太阳却一直躲起来，黑暗中闪烁着的是极光。会不会是因为这个原因那儿的人才如此胆小呢？我还没亲身体验过真正的有太阳的夜晚。但是，我对这白海边的白夜感触却很深，它简直使我成了另外一个人：时而异常激动，时而又非常疲倦。我发现这里的一切都跟别处不同。比如说植物吧，就呈现出一种非自然的绿色：因为它们根本得不到休息，太阳光像小锤子一样没日没夜地"敲"在绿色的叶子上。大概，对动物和人类来说也是如此吧。眼前的这位神甫，他的感觉又如何呢？

"没什么，没什么，"他回答说，"已经习惯了，就不觉得怎么样了。"

"您感觉如何？"我问那个商人。

"也没觉得怎么样……只是听人们说，南边有一个雇主，雇了许多工人给他干活，条件是从日出干到日落，可太阳却总也落不下来。"

所有的人——当地沿海的居民、商人、神甫、亚美尼亚人——都哈哈大笑起来。

"您别听他们胡说什么半夜里的太阳,"那个阅历丰富的亚美尼亚人对我说,"那儿根本没有这样的太阳。"

"怎么,没有?"

"哪儿有什么半夜里的太阳!太阳就是太阳,跟我们高加索这儿的一样。"

坎达拉克沙

我已经到了北极圈内。如果再爬上克列斯托瓦亚山的话,就可以看见夜半的太阳了。但我得休息一下,可不能累倒了——明天早晨我就要走出拉普兰了:从坎达拉克沙到科拉有230俄里的路程,大部分我得步行。

但奇怪的是,现在我身在拉普兰,在这个俄罗斯和卡累利阿交界的小村子里,竟没遇到一个游牧人。穿过多山的拉普兰,这一段路程显得更加神秘了。在坎达拉克沙我连一个拉普兰人,连一只鹿也没有看见。此时,我好像站在一幅环形全景图的门口,身后是大街后面。当我拿了票,走到窗子前,看到的却是与我们外面的世界完全不同的一幅景象。

房东帮我带足了上山打山鹑和松鸡用的子弹。我们还往枪膛里塞了几颗子弹,以备万一碰上熊和野鹿时使用。

尼瓦河

从拉普兰，从宽阔的山地湖泊伊曼德拉湖到坎达拉克沙之间，奔驰着 30 俄里长的尼瓦河，它仿佛是连成一片的瀑布——一泻千里。河边的林子里有一条可行走的路。离河很远的地方还有一条供轻便马车通行的路。我和向导在这后一条路上走了一段时间，之后我离开向导，独自向尼瓦河方向走去，打算到那里去找鸟儿。与向导分手后，我被寂静、陌生的森林包围着。无论刚刚那位向导是怎样的一个人，总归也是个伴，能说话、能微笑、能呼哧呼哧地喘气。这回他走了，代替他的是寂静的森林。四周没有一点儿声音，没有一只鸟儿，甚至脚踩在柔软的苔藓上也无一点声息。但总是有什么一直在诉说着，诉说着……这是森林在诉说着。

我就这样走着，终于，听到一种像火车轰鸣一样的声音。我便情不自禁地等待那"火车"会拉响汽笛，打破这寂静的氛围。但这里并没有火车，那是尼瓦河奔腾的声音。在我看来，尼瓦河就像是被镶嵌在一个树木围成的框子里，背景是一个个古老高大的山冈。尼瓦河像是一个古怪的不驯服的孩子，不知什么原因刺伤了手，流出了血，就从高高的阳台上往下跳。"对付这种小孩子，该怎么办呢?"河边露出老人们圆圆光光的头，他们在想着办法。想了一个又一个主意，但都不起作用。山里的雾气却渐渐地散了。

44

　　我在尼瓦河边的林子里走着，时常回头看看，我猜想站在某块大石头上，那些雾气环绕的山冈和把无数只白色的像浪花一样的小船带入白海的长长的水面，就将尽收眼底。

　　这儿没有蚊子。我多次听到人们谈起这儿的蚊子有多厉害——但却一只也没见到。我可以心平气和地仔细观察，山脚下云杉和松树像商量好了似的，往山上跑着。你瞧，一下子爬到山顶了——但不知为什么，越爬到山顶就越小了，越没有力气了，最后，竟然消失了。

　　常常有这样的事发生：当我站在一块石头上时，突然从脚下冒出一只鸟儿，叽叽喳喳地飞走了。这多半是一只普通的山鹬，叫声也很平常。但是在这陌生的林子里，在寂静中，在河流、瀑布时断时续的絮语中，这普通的鸟叫声，在我看来似乎是一种粗野的嘲笑。于是，就像射击神话故事里的老巫婆一样，我应声朝那个飞动的黄白色的小点儿射击，经常能射中它。

　　我仍然向前继续我的行程。

　　突然，我听到可怕的"噼啪"声，从我脚下飞出一只松鸡来，接着又是一只。

　　对于我来说，这种鸟总是那么神秘而不易接近。我记得在很久以前的一个夜里，我就曾在林子里守候过这位森林之王。在那激动人心的等待中，沼泽地和整个松林都仿佛从沉睡中醒来了，在一块低洼地里的一棵干枯的小树上，我看到一只松鸡，它正像扇子一样伸开它的尾毛，仿佛在与黑夜搏击，等待初升的太阳一般。我向它爬去，前胸几乎都碰到冰冷的春水

了。不知什么东西响了一下，鸟儿飞走了。从那以后，我再也没见过松鸡，但心中却留有对这位孤单而神秘的夜神的回忆。而此刻，这两只巨大的松鸡从我脚下飞出时，却是在阳光明媚的白天。我站在原地呆呆地想着，等我回过神来时，发现鸟儿已经消失在河湾那边的一棵高大的松树背后了。也许，鸟儿们会躲在草丛里，稍稍稳定一会儿，再去河边喝水吧。

我弯着腰从一个土墩跳到另一个土墩上，小心地注视着脚下的干树枝。直到现在回忆起这一切时，我嘴里还不知为什么有一种针叶树和松树皮的味道。我感到胳膊肘麻木了。为什么会这样呢？唔，原来是我已经走出了松林，没有了树木的掩护，我只能趴在地上带刺的、锋利的树枝上爬行了。快到达目的地时，我端起猎枪，上好保险，慢慢地抬起头来。

没有河水，没有飞鸟，没有森林，眼前呈现的是一片宁静、祥和的景色！我忘记了那两只把我引到这儿的鸟儿——眼前的一切远远胜过鸟儿的诱惑。此时，我不想提示自己："这是伊曼德拉，这是高山湖泊。"我的全部身心都沉醉在这永恒的宁静中了。身边的尼瓦河也许仍在喧嚣，但我已经听不见了。

伊曼德拉——像一位母亲，一位年轻的平静的母亲。或许，我也是生在这里，生在这被黑黝黝的带着白色斑点的大山包围着的、荒无人烟的、平静的湖边。我知道，这湖泊高耸在大地之上，在这儿，太阳现在高高地挂在天上，这里的一切都是那么纯净透明，都是因为湖泊高于地表，像是悬在天上的缘故。

这儿什么鸟儿也没有。这一切都是拉普兰魔法师的杰作，他想向人们展现出忧郁的巴赫欧拉山美好的一面。

岸边的沙地上升起一缕缕的浓烟，浓烟附近是一些一动不动的身影。这当然是人，野兽是不会生火的。这肯定是一群人，如果走近他们的话，他们也许不会被惊吓到水里去。我踩着软软的沙地，悄悄地向他们走去。终于看清楚了：一只小锅架在叉形的木棍上，旁边围着几个男人和女人。现在我明白了：大概这些人就是拉普兰人吧。但是周围的一切竟是那样地明朗透彻、宁静祥和，这使我很不习惯。我仿佛觉得，此时如果突然大喊一声，那么这些人会一下子消失或者钻到水里去。

"你们好！"

所有的人都向我扭过头来，就像是森林里的一群羊，看到了一只长得像狼的陌生的狗一样，惊恐地睁大了眼睛。

我仔细一看：这些人中有一个头发全秃了的小老头儿，一个脸长得又尖又长的老太婆，还有一个带着孩子的女人，一个

年轻姑娘正用一把弯曲的芬兰刀洗鱼；另外还有两个男人，长得像白海岸边的俄罗斯人。

"您好！"

他们用纯正的俄语回答我的问候。

"你们是俄罗斯人吗？"

"不，我们是拉普兰人。"

"那你们这儿能捉到鱼吗？"

"能的。"

那个小老头儿站了起来。他个子非常矮，但上身倒很长，腿是弯的。其他两个男子也站了起来，个子比老头儿高一些，腿也是弯的。

他们要去捉鱼，于是我紧跟在后面。

我还从未见过这样清澈透明的河水，它就像空气一样轻盈、飘渺。我不能自持，把手伸进水里——这儿的水像冰一样凉。据说，伊曼德拉的湖水只有两个星期是不结冰的。这是因为湖水是由山上（左边是琼纳东德拉山，右边是隐约可见的希宾山）夏天积雪融化后汇集而成的，所以特别凉。

我们的船就这样行驶在清澈的水面上，周围的空气也是那么纯净透明。拉普兰人一声不响，该跟他们聊点儿什么才是。

"多好的天气啊！"

"是啊，天气很好！"

接着又是一阵沉默。天气是很好，但好得有点儿怪怪的，好像世界刚刚发生了一场大洪水一样，现在刚刚退了一点儿。几乎整个大地都被淹没在水下了，只有这几座黑色山顶和几块白色斑点露出水面。仿佛一切都已死去，世界因而了无声息。我们的小船就在这寂静中划行着。只有水、天和山尖。

我掏出一枚硬币，向水里扔去。它似乎立刻变成了一片绿色的闪闪发光的小叶子，在水里打着转转，然后向下沉去。在深水处，它仍像绿宝石一样闪闪发光。瞧，它正眨着绿色的小眼睛从被水淹没的花园和森林里向上面——这个永远有阳光的世界张望着。

从高处向下落，落到那茂密的、杂乱的苹果树间的草丛中，落到那漆黑漆黑的夜里，该是一种多么美好的感觉……

"巴乌奇——巴乌奇！"老头儿突然对一个划船的人用拉普兰语说道。

"他在说什么？"

"他是说：快点儿划。"

接着老头儿又说：

"肖戈——肖戈！"

这意思是：悄悄地划。

我们在用来钓鱼的缆绳旁边停下来，开始观察水面的情况。这是一条长长的放到水底的绳子，上面挂着许多小钩子。一个拉普兰人划着桨，另一个则一边拉起带钩子的绳子，一边不停地用方言说着："巴乌奇！肖戈！"

在这个极圈以北的山地湖泊里一定会有一种很特别的鱼。我跟大多数使猎枪的猎人一样，不是很喜欢钓鱼的，但此时此地却也迫不及待地等待猎物上钩。好长时间没有鱼上钩。终于，我发现一个绿色的、像刚才扔进水里的那枚硬币一样的东

西在深水处闪闪发光，它时而变大，时而又小得像一条小带子。

"巴乌奇！巴乌奇！"我快乐地喊道。

众人都笑了。因为那不是鱼，而是挂在鱼钩上的一小块白色的诱饵。

"肖戈——肖戈！"我伤心地说。

于是大家又笑了。

现在我明白是怎么回事了，索性当起了船上的指挥，嘴里不断地念叨着："巴乌奇！肖戈！"

拉普兰人像孩子一样笑着。的确，在这一片人迹罕至的湖泊上，如果都不说话，那对拉普兰人来说实在太寂寞了。

很快，我们就拖上来一条又一条银白色的大鱼：

红点鲑——生长在极地水域的一种淡水鳟——一种外形很像鲑鱼的鱼。

列氏红点鳟……

这些都是稀有的珍贵鱼种。

"这叫什么鱼？是白鲑吗？"

不知为什么老人的脸上现出惊恐的神情。他皱着眉头，一言不发地扫了我们一眼。

"巴乌奇！巴乌奇！"我说。

但是我的办法不起作用了。那位受了惊吓的老头儿扯下衣服上的一粒扣子，贴在白鲑身上，然后把鱼放到水里去，嘴里还小声地嘟囔着什么。

这是什么意思呢？

拉普兰人沉默着。那条白鲑晃着黑色的脊背消失在水里，但那粒扣子却久久地在水中荡来荡去，像一只晶莹碧绿的蝴蝶向水底沉去。

这是怎么回事？这就是巴黑欧拉，这就是魔法师和小精灵统治的国度！一切神秘的故事将从这里开始了！

在捉了二三十条珍贵的淡水鲑和鳟鱼之后，我们刚才那种友好的关系又渐渐恢复了。查完滚网之后，小船开始向可以望得见篝火、炊烟的岸边划去。

快到岸边的时候，我发现那些人还是按原来的姿势坐着，没动地方，甚至小锅也像原来那样架在叉形树枝上没动。在这整整两个小时内他们都做了些什么呢？我发现：姑娘膝头的鱼不见了。就是说，在这段时间里他们吃光了鱼，此刻正在心满意足地望着荒无人烟的伊曼德拉湖呢。

"巴乌奇！巴乌奇！"我向他们打着招呼。

所有的人都笑了。在拉普兰说一句俏皮话是一件多么容易的事呀！

现在该煮鲑鱼汤了。这就是拉普兰，这就是与篝火边的小锅连在一起的拉普兰的生活！这就是我们在孩提时代就梦寐以求的奇特而自由的生活！但现在与以往不同，现在我却可以用眼睛来观察，用心去思考了。无论是在伊曼德拉湖上划船，还是在岸上等待美味的鲑鱼汤，都是多么美好的事情！

我从背包里拿出随身带来的小锅。这是一个普通的蓝色搪瓷锅。但这个平常的小锅带来了多大的影响啊！所有的人都从原地站起来，围过来看我的锅，并用他们自己的语言评论着。

过了一会儿，当那位拉普兰姑娘用那把弯曲的芬兰刀帮我洗鱼时，大家才又重新坐回篝火边。我带来的小锅，像是一个奇怪的、从未见过的东西一样，在他们手里传来传去。我还有一个镶在框子里的铅笔，一瓶可以折起来的墨水，一把刀和一个英国式的能钓各种鱼的渔竿，上面还有带钩的鱼形金属片。这些东西也被他们传看着。当有人长时间拿在手里不放时，我就说："巴乌奇。"于是大家就笑起来。我的这些东西很快就在架着小锅的篝火边转了一圈。这有点儿像在玩圈绳游戏。但是，只有在拉普兰，在伊曼德拉岸上才有这样的场面。

如果再放上点儿桂叶和胡椒粉的话，拉普兰的鲑鱼汤会更加鲜美。我喝着鱼汤，那个年轻的拉普兰女主人则指着锅里的一块块粉红色、黄色的鱼肉，对我说道：

"撕一块肉，尝尝吧！"

在伊曼德拉湖上

拉普兰从坎达拉克沙到科拉这一段旅途中，仍保持着诺夫戈罗德①殖民时代的风格。连诺夫戈罗德人都跑到摩尔曼来，最近有一些北部沿海的渔猎工人也到这里来了。

到处建起了一排排的木房子和车站，每个车站附近都住着拉普兰人。他们有的在希宾山上打野鹿，有的在湖泊中捕鱼和

---

① 诺夫戈罗德——城市名，省中心，沃尔霍夫河的码头。是古代俄罗斯的城市之一，曾是手工业、商业和古代俄罗斯文化的最大中心。

捎带从事养鹿业。

"该怎样打发这段时间呢？应该边旅行边去了解一些当地人的生活和当地的自然风情……要不要翻过希宾山去拜访一下那儿的养鹿人？对，最好在他们的帐篷里住上一阵子……"

我和瓦西里老人就这件事商量了好长时间。后来，当我们差不多决定要爬希宾山时，他的儿子却提出了反对意见。他说拉普兰人已经不在那儿了，真的要去的话，也只是白白浪费一个星期的时间。后来我们又考虑出另一个方案：沿着伊曼德拉到奥列尼岛去，瓦西里的另一个儿子在那里养鹿。我们可以在那儿住上一阵子，然后去希宾山打猎。

湖面上吹起了顺风，我们该上路了。何必要他们全家来陪我旅行呢——多一个向导不得多花一分钱吗？于是，我劝老人家留下来。而他却恳求我带上他。

"钱，"他说，"我可以不要，一家人在一起更快乐一些。"

真是怪事！我到过很多地方，却从未听说过不要钱给人干活的事……

于是，我们一起上路了。两个人划桨。风也在轻轻地推动着我们的小船，船身轻轻地摇晃着。在我对面的一个长凳上坐着两个女人：老太婆和她的女儿。她们长得根本不像俄罗斯人。如果单从表面上就可以划分民族的话，那么那个老太婆倒很像欧洲人，而她的女儿则像是日本人：身材矮小，皮肤黝黑，黑黑的眼睛像两个无底洞，令人费解地、倔强地看着你，勉强地眨一下眼睛后，又盯着你看个没完，直到看累了，再眨

一下眼睛。她头上带着一顶红色的像雅典娜①的头盔一样的拉普兰式的帽子。这时我们正好迎着太阳行驶，小船轻轻摇着，我看到姑娘头上那闪闪发光的头饰在太阳下晃来晃去，煞是好看。这就是巴黑欧拉山的女儿！这就是卡列瓦拉的英雄们梦寐以求的那种女孩子！

我们沉默地相互对望着，这场面多少有些令人感到尴尬。这时，我发现姑娘的头饰上插着几颗珍珠。她们从哪儿弄来的珍珠呢？我仔细看着，并且还用手摸了摸。

"这是珍珠！您从哪儿弄来的珍珠？"

"在小河里采的，"父亲替她回答道，"我们这儿的珍珠100卢布1枚呢！"

"有卖的吗？"

"不，没有，只是这样说说而已。"

"多漂亮的珍珠啊！"我对这个像是巴黑欧拉山的女儿的女孩子说道，"您是怎么采到的？"

她没有说话，而是从口袋里掏出一张弄得很脏的纸，递给我。

我展开纸：里面包着几颗大粒的珍珠。我把它放在手心里，在伊曼德拉河里冲洗了一下，然后从记事本上撕下来一张干净的纸，包了起来，还给姑娘。

"谢谢，这珠子质地不错。"

"不……是送给你的。"

---

① 雅典娜——希腊神话中的一个女神，最初是战争和胜利的女神，后来演绎为智慧、知识、艺术和技艺的女神。

"什么！"

我怯怯地看了一眼老婆婆，老婆婆顶神气而肯定地点着头，瓦西里也表示鼓励。我接受了礼物，并且找了一个合适的机会，"礼尚往来"地送给姑娘一副英国产的上等渔具，上面有带钩的鱼形金属片。姑娘兴奋得满脸放光。老婆婆依旧神气地点着头。瓦西里也是一样表示赞赏。整个伊曼德拉的河水都笑了。我们把两副渔具都放进水里：我在船的这一面，巴黑欧拉山的女儿在船的另一面，等着鱼上钩。大家都相信这里一定有鱼，一定能钓到鱼的。

很快就望见丛林茂密的河岸了。我们的船沿岸而行，那些已和我混得很熟的拉普兰人，变得毫不拘束，用他们自己的语言唠叨着。我时常插上一嘴，询问他们在讲什么，他们一会儿告诉我，说是在讲岸上圆圆的帐篷，一会儿说是在讲山上白雪皑皑的洼地，一会儿说是在讲干枯的松树，一会儿却又在讲一块大石头。他们告诉我哪儿打死过野鹿，哪儿的树上曾挂过鹿肉，哪儿曾找到过他们驯养的大鹿和小鹿。这就像我们在大街上彼此谈论着熟悉的房子、餐馆和那些不知为什么总是能够像是在同一个地方见面的人一样。拉普兰人对这儿的一切了如指掌。这儿的一切是那么与众不同，而我对这里雄伟的山峦、无边的森林和深不见底的湖水却只能是欣赏而已。

我已无暇顾及那些细小的情节。我忙得不可开交。我必须时刻准备好牵绳，只要一有动静，就得把绳子放下去，让船停下来，否则，鱼就会扯断鱼钩溜掉的。我还不得不停止拍照片，不停地向拉普兰人打听各种事物的名称，并记在本子上。

我还得随时准备好猎枪：说不定林子里随时会跑出一只野兽来啊！

突然，船上的拉普兰人骚动起来。他们小声地说着什么，拿起了猎枪，并指着前方的一个小雪团给我看：就在岸边……一只野鹿！

我赶紧收起牵绳，盯着那个白点，发现它在动。等稍稍靠近些，我才看清楚，原来是一头角还没长成的白鹿！瓦西里久久地端着他的别丹式步枪，突然他又把枪放下，不开枪了。他怀疑这是一只驯养的鹿。他还告诉我，要是在稍远一点的山里面，错把驯鹿当成野鹿杀死的话，还不算什么，而此刻是不行的：因为距离很近，马上就可以看到鹿耳朵上的记号而辨认出是不是驯鹿了。我们又向前凑近了些，小鹿没有跑开，甚至还向岸边走近了几步。更近了——大家都笑出声来：的确是一头家养的鹿。岛上可以供鹿吃的草太少了，于是瓦西里就把鹿群放到冻土带去了，这就是那其中的一头鹿。我举起照相机，给这头站在长满云杉和松树的伊曼德拉湖岸边的小鹿拍了一张照片。

拍完照后，我请求他们把我带到小鹿跟前。但小鹿突然掉过头去，晃动着它的小尾巴，弄乱了头上的拉普兰云杉的树枝，奔跑起来，就像弹簧一样，在苔藓上一弹，消失在森林里了。没过多久，我们就看见它已经越过林子，出现在光秃秃的山岩上，变成一个小白点儿了。

"它比蚊子跑得都快！"瓦西里说，"看来，它是渴了到这儿来喝了点儿水，就又回冻土带去了。"

这件事发生在伊曼德拉湖的白湾附近。

我们应该就此停下了，以后的路程该由另外的一些拉普兰人带我走。但是，为了实现我们的计划，我们又往前，向着鹿岛方向走了一段路。在这儿我又选择了水路，因为正像瓦西里说的那样，这里一定能捉到鳟鱼。

我放下鱼钩。鱼钩像一只小鱼，在水里打着转，闪着光。伊曼德拉的湖水清澈透明，远远就能看见这个鱼钩。我把鱼钩放到30俄丈远的地方，剩下的线缠在线轴上。没到一分钟的光景，我手里的线就使劲动起来，线轴一下子倒开了。

我不敢相信鱼竟会有这么大的力气，于是就向身边的拉普兰人喊道：

"快看，快看，鱼咬钩了，线都快断了！"

"是鱼，是鱼，快往上拽！"他们提醒我。

　　我赶紧拽起鱼线，结果——什么也没有。显然是钩在石头上了，线一动，鱼钩就松开了。

　　我向拉普兰人解释原因，但他们却不相信，认为一定是有一条鱼上了钩又跑掉了。反正也不用划桨了，他们就索性跟我一起盯住鱼钩。

　　突然，在距离小船10步远的地方，一个巨大的鱼尾露出水面。这太突然了，这条鱼好像跟鲸鱼一样大。鱼大发脾气，把所有的牵绳都拽到水里去了。伊曼德拉湖面上画出了一个个大大的圆圈。

　　"鳟鱼，是鳟鱼！"拉普兰人说道，"快收绳子。"

　　于是，就像前面旅行中遇到松鸡时一样，我的整个身心又完全沉浸在这大自然之中了，大概，我正置身在孩童时代梦想的国度里吧！

　　我和这条大鱼周旋了一个小时，我和它搏斗着。这一个小时就仿佛只有一分钟那样快，又仿佛有1000年那样漫长。我终于把它拖到船边，鱼露出了长长的脊背。现在该怎么办，怎么把它拖上船来呢？正当我拿不定主意的时候，那个拉普兰女人从腰里拔出刀来，向鱼刺去，然后用两只手把这个体态庞大的家伙拖上了船。

　　被打死的动物身上流下来的一滴滴鲜血常常会使我感到不安，会使我愉快的打猎心情一扫而光。但这一次却没有这种感觉。我战胜了这条鱼，并为自己的胜利而感到幸福。

　　我很想知道这条鱼有多重，这鱼肉好不好吃，这就好比是对待自己的私有财产一样，想把它弄出个究竟。我估计了一

下，大概有 1 普特重吧，而拉普兰人却说有半普特重。我与他们争论了一会儿，他们同意了我的说法，并大声笑着。

"那么，"我问道，"鳟鱼和鲑鱼哪一个更好呢？"

"鳟鱼和鲑鱼各有所长。但总的说来，还是鲑鱼好一些：鲑鱼——一点不错，就是鲑鱼好一些。你看——鳟鱼和白鲑也是这样……"

突然我记起来一件事：我曾经看到老人捉到过一条鱼，而且还在鱼身上贴过一枚扣子。

"那是什么鱼？"

"是白鲑，"老人神色暗淡下来，"白鲑是不能用鱼钩钓的，得用渔网捕才行。我父亲就曾用鱼钩钓到过白鲑，他后来淹死了，而他死后，妈妈也……"

"妈妈也淹死了吗？"

"不，是伤心死的。"

我很想再问一问那枚扣子是什么意思，但话到嘴边又停住了。也许是用它供奉水怪吧。

"水里有没有水怪呢？"我拐弯抹角地问道。

"水怪！应该有的吧……我们不是一直在祷告'宇宙之主，大地之主'吗？"

"也祷告水怪吗？"

"不。虽然不祷告水怪，但既然有宇宙之主，大地之主，那也会有这水中之王的。"

我又问瓦西里信奉什么宗教，他说他是一个虔诚的基督徒。

　　"但是，有个地方一直到现在，"瓦西里讲道，"那儿的拉普兰人都不信奉基督，而去信'楚德人'①。那里有一座很高的山，他们站在山顶上把鹿扔出去，作为给苍天的祭品，还有一座山，那里住着一个巫师，人们把鹿送到他那里，然后，就地用木头做的刀将鹿剖开，鹿皮挂在杆子上。风吹动鹿皮，鹿的四肢也随着晃来晃去。如果下面有鹿苔和沙子的话，就会使人觉得鹿在走动……"瓦西里本人曾经多次在山里碰到过这样的"鹿"。跟活的一样！看起来很可怕。"还有更恐怖的事情呢：冬天来临时，天上闪着电光，大地好像裂开了一道缝，楚德人从棺材里走了出来……"

　　有关楚德人，瓦西里还讲了很多恐怖而有趣的故事。

　　他还讲了这么一个故事：说是有一个拉普兰人想到天上去，于是就刨了一些刨花，用粗席盖上，然后就坐在上面，点燃篝火。粗席飞起来了，那个拉普兰人也就上了天。

　　我听着那个拉普兰人在天上的奇遇，突然理解了瓦西里，明白了他为什么爱说话，为什么他虽然是一个老人，但眼睛却是如此地单纯和幼稚了。

鹿　岛

　　在鹿岛附近的岸上，我们的到来，惊动了一只松鸡。我顺

---

　　① 楚德人——俄罗斯编年史中对爱沙尼亚部落的称呼。

利地开枪击中了它。望着猎物落下去的地方，我想：得快点儿跑到草丛里找到猎物，否则它就要飞走了！

我弃船上了岸，但是却碰上了一大群大大小小的蚊子。我急忙跑了起来，想尽快找到那只被我击落的松鸡，然后回到船上去。但是，越是着急，越是出错：不是被干树枝就是被石头或是土坑什么的绊倒，弄得狼狈不堪。而蚊子像一群蜇人的蜜蜂一样，紧追我不放。再这样下去恐怕我就快被蚊子吃掉了。于是，我满面羞愧，两手空空地逃回船上。后来一个拉普兰人跑上岸拣回了那只松鸡。

绕过鹿岛，我们终于驶近了一处搭着帐篷的拉普兰人的居住地。我看了看，一共有两顶帐篷：一顶是只有两俄尺半高的尖顶黑色小帐篷，另一顶则略高些，更像一顶帐篷。

"两顶帐篷中，"瓦西里说，"一顶是供人住的，一顶是养鹿的。那顶略大一些的是给鹿提供的，因为鹿的数量比人多。"

而这时候，那些蚊子也一直顺水路追踪着我们：好像岛上所有的蚊子都冲到我们船上来了。这些蚊子真是折磨人，我不断地轰赶，在脸上竟然打死了上百只。我不敢到我的背包里找在坎达拉克沙时准备的那个防蚊罩，因为等我找出来，带在头上时，恐怕我早已被蚊子吃光了。

旁边拉普兰人的手上、脸上也都被蜇出了血。但是，他们却平静地忍受着折磨，甚至还有心讲故事，说是伊林节①前，每死一只蚊子就会一下子生成一箩筐新蚊子，而伊林节过后，

---

① 伊林节——旧俄历 7 月 20 日，俄国正教派圣伊里亚的节日，古时民间把这个节日视为"雷神节"。

那变来的一箩筐蚊子还会变成一只蚊子。

船一靠岸，我赶紧下了船，急急忙忙地向帐篷奔去。我打开帐篷门一看，光线暗淡的帐篷里没见有人，却见一个个鹿角在晃动。原来，匆忙中我撞进了给鹿用的帐篷。鹿群并没有因我的闯入而害怕。于是，我仔细打量这些鹿：鹿角都是弯曲的，像小树枝一样，这看起来倒很自然，因为拉普兰的许多自然景物都呈现出这样的曲线：弯曲低垂的云杉树枝，弯曲的松树，弯曲的白桦树，连拉普兰人的双腿都是弯的，以至穿在矮腰皮鞋里的袜子也打着弯。这一群鹿有白色的，也有灰色的，还有特别小的鹿。帐篷里的鹿大约有三十多头。

供人住的帐篷是一个小的锥体，比我稍高些，用木板搭成，最外面还裹了一层鹿皮。我打开小帐篷门，钻了进去。只听见身后的门砰的一声重重地关上了。

就在我看鹿的时候，拉普兰人已经全都回到帐篷里了。在这些我所熟悉的伴侣中我还认出了一个年轻的拉普兰人和一位妇女。帐篷里的人全都围着坐在一块块鹿皮上，中间生着火，火上还架着一个黑色的小锅。人们给我让出一块鹿皮。于是我也像他们一样默默地坐下来。在这里歇着可以不用担心被烟熏、被蚊子叮了。等坐下来之后，我才开始细细打量这顶帐篷。

帐篷里的情形完全不像所想象的那样糟糕。这里通风良好，空气清新。唯一不足的是帐篷太矮，不能站着，只能坐着。

坐在火堆的一侧，我发现有一块用针叶树枝隔开的地方，

那儿放着各种日常用具。这可是一块最神圣的地方，女人是不敢涉足的。

休息了一会儿后，老婆婆开始收拾那只猎来的松鸡，其余的人都看着她干活。我开始和矮个子瓦西里交谈起来，向他打听他们穿的服装、用的家什的名称，然后记在本子上。这些拉普兰人以鹿为马，吃鹿肉，睡鹿皮，过着漂泊不定的生活。

"为什么管你们叫游牧的拉普兰人呢？"我问道。

"我们是一个游牧民族，这是因为——"他回答说，"有的拉普兰人依石而居，有的则在长满地衣的针叶林带落脚，还有的在铁路边的帐篷里住下。"春天，他们在河边捉鲑鱼，当伊林节到来时，又迁到湖区，等到 9 月份再返回河边。圣诞节临近时就到乡村的教堂去。拉普兰人之所以是游牧民族，还因为他们以捕鱼、养鹿为生。天气炎热的时候，鹿群为躲避蚊虫向海洋方向迁移，拉普兰人也就追随鹿群一起漂泊。

我还听说，在伊曼德拉有一伙假的养鹿人，他们不愿意饲养家鹿，就把鹿放还到山里去，而大部分时间则花在捕野鹿和捕鱼上了。

就在女主人收拾松鸡，然后放到锅里煮时，我听拉普兰人讲着打野鹿的故事。而实际上，这种捕猎活动很快就要从这个世界上消失了。

一个拉普兰人带着一条狗和一头驯熟的公鹿进山了。那驯鹿胖鼓鼓的，脖子跟躯干一样粗，这种样子对于野鹿来说实在是可怕极了。在那个季节，野鹿们的生活是很特别的：强壮的老公鹿将一群母鹿带在身边，以保护它们免受外敌的伤害，也

有另一群鹿不时地窥视着它们，只要老公鹿稍有软弱的表现，另一伙鹿就会与之挑起争斗。就是在这样的情况下——这个拉普兰人进山打猎了。狗靠近了鹿群。拉普兰人带来的驯鹿直接迎着野鹿走了过去。他的主人躲在鹿后面，也一步步地向野鹿靠近。他首先开枪打死了一只野鹿，然后又向惊慌失措的鹿群射击。鹿肉被放在湖水中腌"酸"，而我们的拉普兰人则跟着鹿群走了。秋天的时候，这个拉普兰人沿着融化的雪路奔进山里，从水中捞起鹿肉。

在炖松鸡和鱼汤时，瓦西里给我讲起了拉普兰人的生活。其他的人也都专心地听着，有时也插进来，发表意见。而女人们则像是荷马时代的人一样——谦卑地、敬畏地忙活着手边的事，一言不发。她们有的照看着鱼汤和松鸡，有的用鹿筋缝矮腰皮鞋，有的看着火。

有关拉普兰猎人的故事讲完了，现在众人都望着我，仿佛在问：你的生活是什么样的呢？但没有人能够问出这样的问题来。渔猎、捕鹿、森林——这些就是他们的全部生活内容，那我的呢？

"别的地方也有森林吗？"从篝火那边传来一个声音问道。

"有。"

"啊！"

听到我的回答，他们全都惊讶不已。

接着又有人问道："有山吗？"于是又传来惊叹声："啊！"然后，谈话就像是在真正的会客室里一样转到政治问题上。他们知道国家杜马，甚至还选派过代表去，只是选的是俄罗斯

人，而不是拉普兰人。我气愤极了，那些如此残酷地笼络和掠夺拉普兰人的俄罗斯商人，竟然能在杜马中代表拉普兰人讲话！我详细地询问了事情的原委后，才明白：有人事先就替拉普兰人决定了选谁做代表。

"你们当时喝酒了吗？"我问，"他们没请你们喝酒吗？"

"喝了，怎么能不喝呢。而且喝得好极了。"瓦西里不假思索地说。"要是选我当代表的话，"他继续说，"我一定会贴在人家耳朵上讲一讲我们这儿的情况。"

"那你要告诉他什么呢？"

"比如说：我们这儿的湖里有数不尽的白鲑，要是国家出钱把它们熏制好，再送到彼得堡去，那可……是的，我敢悄悄告诉他的！"

"那么反过来赏给拉普兰人什么呢？"我把自己想象成是沙皇，一个拉普兰人正贴在我耳边耳语。"赏给他们基督的说教吗？但这已经赏过了……拉普兰人现在已经是基督徒了。佩彻涅格修道院为此发了财，之后又破产了，接着又开始富裕了，但拉普兰人还是老样子——而且更穷，更不幸了，因为基督徒与异教徒相比较而言，前者更容易让俄国和兹梁（科米人的旧称）的强盗们钻空子。放任他们去追求文明的世界吗？修筑铁路，让他们受到文明社会的文化教育吗？"

我想起来了：当初是打算修铁路来着。但是，即便是修铁路也不是为了拉普兰人的利益呀。拉普兰人图什么呢？

"瞧你说的！"瓦西里对我说，"修了铁路，拉普兰人就可以带上白鲑去彼得堡了。"

瓦西里笑了，像孩子一样兴奋地幻想着未来。其他的人也笑了，连女人都在笑。我也高兴起来，因为作为一个公民，我满意的是这样做可以一箭双雕。即便只为了得到文化教育也是值得的。但是这种文明未免来得太突然了一点儿。

"而且，"有人说道，"要教拉普兰人成为那样的人。"

"哪样的人？"我问。

于是，他们给我讲了一个受过教育的拉普兰人的故事——

一个拉普兰人赶着鹿群到阿尔汉格尔斯克去，在那儿失去了他的孩子。于是他卖掉了鹿，只好一个人返回冻土带。可是，有人发现了走失的小拉普兰人，并把他抚养成人，让他受到教育。他后来成了医生。有人看见他现在依然在给人治病，据说，医术还很高明呢。

"瞧，同样是拉普兰人，"讲故事的人说道，"而这个人却成了医生。"

我也被拉普兰人的情绪感染了。在这用木板做成的、顶部只有一个通风口的尖顶帐篷里，文明、进步的世界在我看来突然变得像天空一样美好、宽阔和辉煌了。

而我——毫无疑问，是这个美好世界中的一分子。

我很想说点儿美好的事情给这些坐在篝火边的不幸的人们听。但说些什么好呢？

我们那里最好的是什么呢？当然，是夏夜的星空。

"现在，在我们那儿，"我说道，"白天过后是黑夜，是漆黑的黑夜。即使是冬天，我们那儿也有白天和黑夜之分。"

我看了一眼手表，继续说道：

"此刻在我们那儿，如果是好天气的话，那么正是满天星斗、月光如水的时候。"

我的话果然引起了强烈的反响。女人们兴致最高，而且还把我的话翻译给一个不懂俄语的同伴听。

现在整个"客厅"里的注意力都集中在我身上了。众人目不转睛地盯着我。在一个外省的家庭里做客，当女人们参与进来谈话，孩子们敢进来插嘴的时候，正是主人和客人之间气氛最融洽的时候。

令人尊敬的主人首先开了口：

"你有小孩吗？"

"有。"

"是吗？"她一副怀疑的神色。

我进一步肯定，并且还描述了孩子们的样子。

"啊!"老婆婆惊讶地喊出声来,然后又把我的话翻译给不懂俄语的邻伴听。

现在他们叽里呱啦地讲拉普兰语了。我觉得他们好像在说:多奇怪呀!这么一个不同寻常的人,也像别人一样,可以繁衍下一代。

"这有什么特别的吗?"终于,我打断了他们那些我不明白的谈话,"大概,这里的俄罗斯人也会娶拉普兰女子为妻吧。"

"不,不!"众人异口同声地回答我,"有哪一个俄罗斯人会要拉普兰女人呢!总之,拉普兰女人算什么呀!"

这与我听到的情况完全相反。而且,我口袋里还有一封一个神甫写给他儿子的信,这个神甫在拉普兰生活了 20 年,他的儿子就娶了一位拉普兰姑娘为妻。他甚至还在信封上给我留下地址:回信请寄给永远令人尊敬的公民,卡某某收。

"怎么回事?你们看……"我说出了他的姓氏。

"他是拉普兰人。谁说他是俄罗斯人?"人们说道。

"他是可敬的公民、神甫的儿子。"

"反正他是拉普兰人:又捕鱼,又养鹿。他就是拉普兰人。"

这时我才明白:在他们眼中我的神秘之处不是外表,不是衣着,不是所受的教育,而仅仅是我所从事的工作,这对他们来说是陌生的,是与他们的生活习惯完全不同的。而当他们把一个退伍的商船船长和一个电报局的小官吏也归入像我这样的神秘人物之列时,我就更加认定自己的判断了。这两个人都是瓦尔瓦拉·科贝莉娜的追求者。还是在白海的时候我就听说过

这位待嫁的姑娘。她是一个富裕的拉普兰人的女儿。父女俩住在冻土带，放牧着一大群鹿。父亲一直想给女儿物色一个拉普兰小伙子为夫，因为他一个人管理这么一大群鹿实在有些力不从心，所以想找一个帮手。有一次他和女儿一道去阿尔汉格尔斯克卖鹿，并在那儿逗留了好长时间。而就在这时，他所宠爱的独生女儿却爱上了两个俄罗斯人：一个商船船长和一个电报局的官吏。当时他女儿还有一些追求者——他们的 1000 头鹿竟卖到 1 万卢布，很有钱——但是姑娘却只爱上这两个人。父亲费了好大的劲儿才把女儿带回冻土带。现在那个可怜的姑娘整日在冻土带伤心地哭泣，快奄奄一息了。

"哎，怎么能够想象一个拉普兰女子竟会嫁给俄罗斯人呢？"故事讲完后，众人一致这样认为。

冻土带的爱情故事是多么令我和女人们着迷啊！在这里我感觉非常好，我觉得自己好像不是在拉普兰人家里，不是在一个荒无人烟的地方，而是来到了一个陌生的大城市——在我唯一熟悉和亲近的一个家庭里做客一样。

女主人听得入了迷，忘了照看锅里的松鸡。但这时松鸡却突然提醒人们它的存在：它把腿探出锅外，把锅盖稍稍顶起，然后又推到火里边，锅里的水哗哗地沸腾着——松鸡煮熟了。

我一下子想起来，我的背包里有特意为拉普兰人准备的伏特加酒。我知道拉普兰人是很喜欢喝酒的。

"喝伏特加吗？"

"不，不喝。"

但是一双双眼睛是渴望的。像拉普兰人那样，我斟满一小杯酒，首先递给了女主人。女主人出于礼貌推让了一下，就端起酒杯，向我祝词道："好吧，那就祝您健康！"然后，很庄重地将酒一饮而尽。之后，男人们也轮流着每人干了一杯，而且也像女主人一样，祝词道："好吧，祝您健康！"当轮到一位年纪很小的长得很像日本人的拉普兰女孩喝酒时，我发现她为难地、犹豫地皱着眉头只喝了一小口。小酒杯在篝火边转了一圈，又停在那位"日本女孩"面前。她恳求地望着我，也以同样恳求的眼光望着她妈妈。

"你想说：你还小，不会喝酒，是吗？"我问道。

"不行！"老婆婆说道，"该喝光才行，客人递上的酒一定得喝。"

"这真是奇怪的风俗！我不知道，原谅我，小姑娘！"

"大概，您也不会喝酒吧？"我向那位令人尊敬的母亲问道。

"不，我们该喝的。"母亲一边祝我健康，一边既替女儿，又为自己喝光了杯中酒。过了一会儿，我们围坐在一块木板旁，开始吃松鸡——有的用刀切着，有的在吃翅膀，有的忙着吃别的部位的鸡肉。女主人的脸也变了样：她那严厉的、呆板的脸孔变得生动起来，嘟着嘴，眼神也灵活起来了。

"阿唔——阿唔——喂——克叽！"

我知道这是一首拉普兰民歌，在船上的时候，我曾那么恳求也没给我唱的歌。但这简直不像是歌曲：倒让人联想到茶壶或是小锅里发出的咕噜咕噜声，并混入烟尘，穿过帐篷顶的通风口向上冲去。

"哇——喂……"

歌声突然在一个高音处戛然而止："卡列瓦拉。"

歌词大意是什么呢?

瓦西里高兴地给我翻译道:

"伊万·伊万诺维奇从一个女异教徒旁边驰过去……"

"怎么,你们这儿也有伊万·伊万诺维奇?"我怀疑是不是他翻译错了。

"到处都有伊万·伊万诺维奇,"瓦西里答道,"在拉普兰语中叶夫万·叶夫万诺里奇就是伊万·伊万诺维奇的意思。"接着他又说道:"伊万·伊万诺维奇从一个女异教徒,一个可怕的女异教徒旁边驰过去,他要到坎达拉克沙去,他认为她不会跑过来。伊万·伊万诺维奇在河里划着船,他用脚撑舵,用双臂划桨,脚下穿着白色的小袜子,手上戴着绣花小手套。而女异教徒跑过来,喊道:'伊万·伊万诺维奇,卡什克什——卡拉累!'"

"伊万·伊万诺维奇后来怎样了?"

"没什么,歌曲到此就结束了。"

在这场"家庭音乐会"之后,吃饭用的那块木板被清洗干净,一副油迹斑斑的纸牌放在上面。然后每个人手里都发 5 张牌。

"是玩'捉傻瓜'吗?"

"是的。"

"那也给我几张牌!"

拉普兰人高兴地分给我纸牌。一开始我玩得心不在焉,最

后被当"傻瓜"捉住了。

众人发现我被捉住了时，突然"哇"的一声大笑起来。这样的笑声我可是很久很久没有听到过了。瓦西里笑着，女人们笑着，所有拉普兰人都在笑着，那位老婆婆笑得竟然连牌都发不出来了，过了一会儿，她强忍住笑，刚要给大家发牌，但只看了我一眼，就又忍不住抱着牌趴在木板上大笑不止。

在拉普兰当一回"傻瓜"竟会是这等幸福的事！通常拉普兰人是不会有这样好的心情的……但此刻，你瞧他们那开心的样了！我试图再一次被捉住，但无论我怎么"努力"，总有比我笨的人落在后面，当了"傻瓜"。

我的身心全投入到这种"捉傻瓜"的纸牌游戏中了，竟然忘了出去欣赏夜半的太阳——这可是我来拉普兰的主要目的。当几滴雨点儿从帐篷顶上的通风口处落下来时，我才一下子醒悟过来。

"下雨了，"我说，"我又看不到夜里的太阳了！"

"下雨了！下雨了！"拉普兰人也感觉到了，"快支起库瓦克萨！"

库瓦克萨——一种独特的行军帐篷，可以用帆做成。瓦西里早就跟我提起过这种帐篷，当时他向我保证我会在岛上睡得比在家里还舒服，还说他有一个秘方可以不让一只蚊子钻进我的帐篷来。

几分钟后，帐篷支好了，它小得只能容一个人安身，他们给我铺上暖和的鹿皮，并且给我身上盖上了被单和鹿皮。又舒服，又暖和，呼吸也顺畅。我躺在小帐篷里，脑子里开始整理

72

这些日子以来得到的种种印象，寻找着它们彼此间的联系。突然，有一种奇怪的气味打断了我的思路。这气味既不像抽纸烟的气味，也不像煤烟味，也不像棉絮着火的气味。怎么回事？气味越来越浓，烟熏得我的眼睛直发酸。我一下子跳了起来，环视帐篷，发现角落里有一个在冒烟的小锅。锅里放着的几块烂木头或是干蘑菇之类的东西，那些东西正在冒烟呢，就是这种刺鼻的烟味弥漫了整个小帐篷。我明白了，原来这就是瓦西里送给我的"意想不到的礼物"，这就是他承诺我的不让一只蚊子钻进我的帐篷里来的"秘方"。我拿不定主意，该不该把这个"烟锅"挪到外面的雨地里去，也许那样做会得罪盛情的主人吧。我悄悄将头伸到帐篷外面，侦察了一下。蚊子躲到哪儿去了呢？雨仍在下着……帐篷里的鹿一个跟一个地走了出来，向森林的方向走去。

在3顶帐篷之间的三角地上挤满了鹿，它们想就地啃点儿草吃，但地上却什么也没有，于是就陆陆续续地消失在森林里了。我将那只冒着烟的小锅拿到雨地里，然后又躺下来，耳中传来雨滴落在帐篷上的"啪啪"声和从拉普兰人帐篷里传来的孩子般的快乐的笑声——他们仍在玩纸牌。

在这偏僻的地方，这些被世人遗忘的人们竟能够发出如此孩子般天真无邪的笑声，真让我觉得奇怪。

希宾山

"快起来！"我想唤醒拉普兰人，"快起来！"

73

但他们仍像死人一样沉沉地睡着。他们全挤在一个帐篷里睡觉。

这时有一个光秃秃的头从离我最近的一棵枝叶繁密的云杉树叶中露了出来。

"瓦西里，是你吗？你怎么在这儿？"

老人一整夜都在这个"云杉帐篷"里睡觉。这儿密不透雨，像在真的帐篷里一样干爽。拉普兰的云杉树真的很像帐篷的形状：两边的枝叶弯曲地垂向地面，大概是为了更好地抵御寒冷的海风吧。

有人点燃篝火，烧热茶炊，煮着鱼汤，拉普兰人陆陆续续地走出帐篷，吃些东西——这就用了好长时间。新的一天已经开始了，蚊子也开始叮人了，鹿群回来了，太阳暖融融的。但这里的白天给人的感觉却很不真实：太阳的光辉并没有给大自然带来任何变化，它静静地照射着，甚至过于明亮，显得有些冷峻；树木也过于浓密，有些不自然。尽管周围的环境显得不那么真实，但却是清澈透明的。这里黑黝黝的群山——像是一群古老的动物石像。在伊曼德拉总是能看见许多这样的"石像"。你看，那不是从水里探出头来的海象和海豹吗。瞧，一条黑色的大鲸鱼正漂浮在我们的面前呢。

"瓦尔萨—克捷奇。"一个拉普兰人指着鲸鱼说着，并侧耳倾听着。

其余的人也都像他一样，抬起船桨，竖起耳朵仔细听着。从船桨上流下来的水滴落在水面上，发出"咕嘟""咕嘟"的声音，同时从一块很像鲸鱼的大石头那边传来一种不均匀的拍

水声。河水轻拍石块，溅起一层层白色浪花，冲击着光滑的"鲸鱼"背，于是发出这种不均匀的拍水声，而湿淋淋的石块在阳光的照耀下正闪闪发亮。

"瓦尔萨—克捷奇在发出响声呢！"瓦西里说。

拉普兰人不慌不忙的神态令我生气，我很想尽快划过去看个究竟。作为一个旅行者，我有一种好奇心，这种好奇心总是驱使我向前走。

"喂，这是什么东西啊！"我接着瓦西里的话说，"总是吵啊吵啊的。"

"这也没什么奇怪的，就是吵吵而已。在变天之前总是这样的。"看样子他想对我说些什么。

"瓦尔萨—克捷奇——意思是石头鲸。据父辈们讲——这巫师……"

接着瓦西里就给我讲了下面这个故事：

"两个巫师在伊曼德拉湖附近相遇了，他们争吵起来。一个说：'你能变成野兽吗？'另一个回答说：'野兽我不能变，但我却能潜入水中，变成一条大鲸鱼。你先把眼睛闭上，我到林子里去一下。'不一会儿，他就从林子里走了出来，跳进水里。过了一会儿巫师没有游上岸来，水面上却露出了他的后背。另一个巫师在岸上看见了，就大叫起来。而随着叫声水里的巫师一下子竟变成了石头。"

这就是关于鲸鱼的传说。

"那么这只海象呢？"我问。

"不，那也是石头。"

75

"那些鸟儿呢?"

"也是……石头。在科拉湾还有一些石头人呢。传说有一个女巫师想把一座岛屿从海里边拖过来,打算用它来封住科拉湾。正当女巫师在施魔法时,村里的一个人看见了,那人吓得大喊了一声:结果那岛屿停住不动了,女巫师变成了石头,而且村里所有的人也都变成了石头人……"

我们的小船驶近了群山。我仿佛觉得:如果现在大喊一声,那么连我们也会像那些群山一样,立即变成石头。我用尽全力大喊了一声。群山呼应着。船上的拉普兰人举着船桨呆呆地听着从群山那儿传来的回声。

为什么不跟他们开一个玩笑呢?正好在我脚下的船板上放着一个系着绳子的大石锚。我搬起这块石锚,从一个姑娘的身边将它扔进了伊曼德拉湖——"噗通!"

接下来发生的事一下子让我愣住了：我看见刚刚站在我旁边的那个姑娘慌里慌张地抓起一把刀，幸亏众人把她的手按住了。一阵忙乱之后，水面上漂起一只只船桨。

那个受了惊吓的拉普兰姑娘举起一只船桨向我扔来，但并没有击中我；接着她又举起刀向我刺来，但被众人制止住了。于是她歇斯底里地大喊大叫起来。

"不许你吓唬我们的女人，"瓦西里责备我道，"我们的女人天生胆小。否则会出事的……"

过了一会儿，那个姑娘才缓过神来，而拉普兰人却怎么也笑不出声来了。

他们给我讲了很多事情，大家都认定："我们的女人天生胆小。"

"为什么会这样呢？"我问。

"不知道。"

听了他们的话，我再不想开玩笑，再也不想喊了。我仿佛觉得要是再喊一声的话，那么眼前的石头野兽、鸟儿和鱼都会吓醒了，我们所担心的一些事情将会发生，但具体是什么事情——我也不知道。

"在山里，"瓦西里说，"有一些湖泊，拉普兰人到了那儿从不敢讲话，不敢磕碰船桨弄出声音。瞧，那里就有一个这样的湖泊，叫瓦尔特湖。"

他用手指了指阴森森的依姆—叶嘎尔峡谷。这个峡谷是山体断裂形成的，是进入这个巨大的石头城堡——希宾山的入口。

我们打算第二天去希宾山打野鹿，而今天我们要顺路去一趟白湾。

那里有拉普兰人居住。有一个电报局的小官吏也住在那儿，从他那里可以弄些油和粮食。

像但丁笔下的地狱里那样的阴森森的希宾山脚下，在伊曼德拉湖附近处，住着一个小官吏。他长得像从钟表上卸下来的小螺丝钉：山显得越高，他就显得越渺小。

命运之神把他抛在了这儿，抛在了这个阴森森的地方，于是他屈服了，重新开始了自己的生活。他好像与这里计划中要修建的铁路有什么关系。上头修铁路的计划早就被抛到了一边，而下面的工作还在按部就班地进行着，这颗小螺丝钉仍在他自己的位置上发挥着作用。

在旅途中，我害怕与当地人打交道，尤其是与地方官吏打交道。他们总是觉得这种生活跟他们个人有利害关系，总是从自己的小窗口那儿窥视这一切。他们一会儿抱怨、气愤，一会儿又扬扬得意、自以为是。他们都认定我们是局外人，什么也不明白，而要弄明白的话，就得像他们一样，在生活中磨炼几十年。

我曾经在什么地方读到过这类消息：说是所有的旅行者都认为拉普兰人是一群成年的孩子，朴实、容易上当，而当地人却狡猾、恶毒。为什么会这样呢？

我去一个小官吏那儿买面粉和油，一路上我觉得很害怕，因为在我内心里固执地坚持着从大自然和与拉普兰人单独交往中所获得的个人的独立见解，我防范着他以免我从小就向往、

78

喜欢的旅游事业受到侵犯。

我和这个小官吏谈了一会儿油和粮食的事，然后又讲起他试种的土豆。于是谈话自然而然地转到拉普兰人身上。

"这是一群愚昧野蛮、凶狠残忍的人，"他说，"是人类的败类，很快就会绝种的。"

"可是我看到的不是这样的，"我试图保护拉普兰人，"也许，他们不会绝种的。"

"不可能不绝种！"他回答，"他们正在一步步退化。"

他好一阵都在责骂拉普兰人，并且还抱怨说：这儿的冬天甚至连太阳都见不到，而一个文明人生活在这里该有多难。黑暗从地板下袭来……简直太可怕了！

这时我觉得自己仿佛从未出过家门，见识特别少，由于寂寞、无聊正与人闲谈着有关拉普兰人的事。朦胧中我甚至觉得自己对这个"小螺丝钉"的一些看法是错误的：要知道他并不是自愿而是被人强行"拧"到这儿的。而最终让我从这种感觉中摆脱出来的是善良的老奶奶为我烤的施了魔法的小圆面包。它领着我离开了那个小官吏，走向一片火红而宁静的高山湖泊。

我得睡上一个钟头，然后再去观察这个神奇的、有太阳的夜晚将会发生什么事情。

车站上的小木屋是按拉普兰人的风格建造的。屋里有小炉子、长凳和窗户。因为我要来，所有的拉普兰人都聚集在小屋子里。这时候他们正坐在长凳上等我。从屋里冒出一缕缕炊烟，这是用来对付蚊子的。

家园的故事丛书

我躺下来，闭上眼睛想睡一会儿。

我怎么、又是为什么来到拉普兰的呢？这些拉普兰人就像我们那儿的庄稼汉一样，是些平常人。只是我们那儿的庄稼汉放牛，而这儿的拉普兰人捕鹿。这是一群怎样的猎人呢？这时候，在我们那儿已是深夜了。那儿的夜晚该多好啊！我现在该是坐在家里了：四周一片漆黑，伸手不见五指。但为什么会有人愿意一直大睁着双眼，不去休息呢！我不要睁开眼睛，不要！但不用完全睁开，只要稍稍动动睫毛，单从睫毛缝里看一看我们家乡的夜色该有多好啊！我睁开了双眼，见到的却是整个伊曼德拉在一片火红中。那是太阳照得这样。而我想象中的夜晚，却像一只巨大的长着红红翅膀的黑鸟，正穿过湖泊，向南方飞去。

拉普兰人不见了。炊烟散去了。死蚊子横七竖八地堆在窗台上。

现在只有晚上 10 点钟，但群山已经盖着白色的被子睡着了。伊曼德拉仍在燃烧着，睡梦中闪着红晕。在这个夜晚有太阳的地方，神奇幻影显现的时刻就要来临了。

卡捷列琴①的琴弦响了起来，有一个人唱起歌来了。

歌中歌唱着流逝的岁月，歌唱着世界之初的故事。

我醒来了……从我的小窗口望出去已经见不到太阳了，它已经升到高处去了。我又没有欣赏到夜半的太阳。瓦西里坐在小炉子旁，他在制作捕野鹿用的木头弹丸。今天我们要去山里

———————

　　① 　卡捷列琴——卡累利阿的民间弦乐器。

打猎，并且在那儿过夜。

在山里有一个令拉普兰人恐惧的神秘的湖泊。这个湖泊四面高山环绕，因此这里几乎总是寂静无声的。岸边高处的山崖上有一个山洞，据说山洞里有许多恶魔。湖里有许多鱼，但很少有人敢捕这里的鱼。这里不能捕鱼，哪怕极轻微的桨声，也会把恶魔们从山洞里引出来。但是，芬兰科学考察团的一位科学家曾找过几个拉普兰人一起来到这个湖边，并用枪往山洞里射击。结果，枪声从洞里引出无数群鸟来，有白的，有黑的，但却没见恶魔出来。

从那时起，拉普兰人到湖里去就不怕荡起桨声来了，而且他们还捕到了很多鱼。

要是能爬到那个山洞里面去，从那儿欣赏夜半的太阳，那该有多好啊。但是，山洞太高了，要爬上去几乎是不可能的。瓦西里说他对依姆—叶嘎尔峡谷的地势比较满意，尽管阴森恐怖，但却是可以通过的。他提议我们在这个峡谷中过夜，然后穿过峡谷进入希宾山，再沿着嘎里卓瓦亚河返回依曼德拉。

就在我们装满子弹，备好食物，整装待发之际，依曼德拉已经又在准备迎接傍晚和太阳之夜的来临了。

莫非又要发生什么事情？为什么我一直没能见到太阳之夜，不是下雨、落雾，就是来不及从林子里爬上山冈呢？

需要乘船划行大约2个小时，才能走出峡谷，然后还得走3个小时的路程，才能爬到山上去。现在是早晨6时。

"快点吧，快点！"我催促着瓦西里。

小船行驶在平静的湖面上，四周静悄悄的，甚至连海鸥也

见不到。这时，从湖上往远处峡谷望去，它像是一座高高的黑色石山被"嘎"的一下切了开来，对半地摆在了那里，而下面的湖上，完全不像所说的那样阴森可怕：那峡谷简直就是一扇大门——一扇通往黑色城堡的大门。而山脚下的这片林子却显得过于神秘、幽暗，死气沉沉地没有生气。尽管林木茂密，但仍摆脱不掉这死寂的沉默。

船靠岸了，我们走进林子。死一般的寂静！这里没有流浪者所向往的快乐的绿色精灵，没有飞鸟，没有绿草，没有太阳的斑点和光亮。脚底卜软绵绵的，偶尔踩到石上，就像是踩到了长满苔藓的墓地石板上一样。

和我一同进山的是两个拉普兰人：瓦西里和他的儿子。余下的人则在依曼德拉岸上点起篝火，玩起纸牌来。明天他们将在嘎里卓瓦亚河口迎接我们。

我将防蚊罩戴在头上，眼前的林子显得更加阴暗了。我们踩着一块块石板，沿着北方的"墓地"向上慢慢地爬着。耳边拉普兰人的笑声越来越模糊了。在这样的林子里难道还有心思笑！

我们背着上满子弹和霰弹的猎枪，来到森林深处。随时都可能碰上熊、野鹿和狼獾，大概也会遇上松鸡。瞧，这不就碰上了。但是，它出现得太突然了，我甚至都来不及举起猎枪，它就飞走了。我想起很久以前背过的一首诗：

走过了一半的人生旅途，
我怀着无比沮丧的心情，

来到了这一片原始森林。

这是通往但丁笔下的地狱的大门。我晕头转向，辨不清东西南北了。

这里的蚊子不像平常在别处那样狡猾地、哀婉地"歌唱"着，而是像无数只聚在一起的野兽那样号叫着。瓦西里的儿子小韦尔吉利长着两条弯弯的腿，穿着同样打着弯的矮腰皮鞋，他在我身边根本不是在走路，而是连蹦带跑地躲避着蚊子。他的脖子上全是被蚊子叮出的血。我们奔跑着，像是但丁地狱里的魔鬼在追赶着我们一样。

密林中有时也会出现一束光亮，那是一条哗哗流淌着的小溪。溪边有很多树木。得走到这些树木跟前，才能弄明白这是怎么一回事，为什么这里的白桦树长得很像苹果树。

在一个小溪边我们发现了一条小路，很像我们家乡行路人踩出的那种田间小路。这条路却是由野鹿踩出来的。于是我们就在这一条路上跑了起来，希望能巧遇上一只被蚊子追赶的野鹿。我们跑出林子，小路也到了尽头，眼前是光秃秃的山岩和永远不落的明亮的太阳。我呆呆地站在那儿，脑子里一片空白。突然，有一只山鹬向小路这边奔来，这只鸟没有避开我们，径直向我们奔过来。我从未见过这种场面，一下子愣住了。但就在这一瞬间，猎人内心中的原始冲动一下子征服了我，我举起猎枪，对准了那只向我们奔来的鸟儿。

瓦西里阻止我，说道：

"它有孩子，可怜可怜它吧，别开枪了。"

山鹬来到我们近前，鸣叫着，晃动着，还用翅膀拍了一下地面。随着它的叫声，又有一只山鹬也飞了出来。两只鸟儿好像商量了一下似的，分别向着林子和小路两个方向奔去。其中那只沿着林子飞的山鹬还不时回头望望我们，好像是在叫我们随着它到什么地方去。我们停下脚步——它也停下来；我们走——它也向前走，就像我的小圆面包向前滚去一样。就这样，它把我们带到了一个长满青草和像苹果树一样的小白桦树的林边空地上，停了下来，回头看着我们，点了几下头，就消失在草丛里了。这只鸟就像有意在欺骗我们一样，把我们带到了这神秘的林间空地上，这儿只有草和"苹果树"，而它却不见了。

"瞧，它在那儿，已经穿过空地了。"瓦西里笑着说。

我定睛一看，果然，鸟儿走过的地方，草丛在微微地晃动。

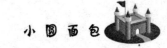

"它回到孩子们那儿去了。不能开枪，不然要犯罪的！"

啊，在这个鸟儿几乎快绝迹的地方，人们正实施一种保护野鸟的法律，要不是拉普兰人提醒我，我不会想到小山鹑崽，而会开枪打死这只母山鹑而触犯法律了。颁布这些法律完全不是出于对鸟儿们的同情。那么这种野蛮人的犯罪感从何而来的呢？是不是出于人类自发地对雏鸟的怜惜呢？

蚊子嗡嗡地叫着，我在思考着。而这时不断有一些鸟儿跑到这条由野鹿踏出的小路上来，有时甚至是一家一家的大群鸟儿。有一次竟然从一棵伞状的云杉树下的松鸡窝里蹦出来一只羽毛凌乱、神色迷茫的松鸡来，它在离我们十步远的地方蹲下，傻乎乎地望着我们，活像一只肥大的母鸡。

"喂，快开枪！怎么了，开枪啊！"瓦西里指着松鸡对我喊着。

"那不是犯罪吗，它有孩子呀……"

"管它犯罪不犯罪呢……常有的事，没关系，杀了就杀了。"

树木越来越稀少了，而且也矮多了。我们进入了又一层但丁的地狱里。

我们身后，是一片森林，像一个绿色的通道，而前方是"冻土带"，这个词在涅涅茨语里的意思是：广阔的融化不透的泥潭。而拉普兰语的意思正相反，是干燥的长满鹿苔的地方。

我们打算在这里休息一下，点一堆火来驱赶号叫着的蚊子。没过一会儿，篝火就燃起来了，蚊子不见了。于是我摘下面罩，眼前立刻清晰起来，好像乌云散去、太阳出来一样明

亮。一眼望去，下面是依曼德拉湖，显现出许多岛屿；而湖对岸，是琼纳东德拉山，山上到处是一条条白色的雪带，像人的肋骨一样。山下是森林，山上是冻土带，还盖着一层黄绿色的鹿苔，很像撒满月光的林中空地。

鹿苔是一种干燥植物。它生长速度缓慢，一般要 10 年左右才能在山岩上长出几俄寸来。就连那棵小桦树，大概也有二三十年了吧。瞧，爬出来一只灰白色的甲虫，也许它吸不到血和浆液，也长不大吧。四周仍是寂静无声，散发着迟缓的、甚至陈腐的气息。

我们在篝火旁休息了一会儿，又继续沿着光秃秃的石头向上爬去。这时再看依姆一叶嘎尔峡谷，它已经不再像是山间的伤口了，倒像是一个黑色细长的大门。要是你走进去的话，就立刻会遇到一只但丁地狱中的野兽……

又走了一会儿，我们进入了峡谷。但丁地狱里的魔鬼没看到，倒是从雪地里——这里有很多的雪和石头——跳出一只鹿来，穿过峡谷向希宾山里面奔去。

我们犹豫着没有开枪，因为担心枪声会震塌那些摇摇欲坠的棱柱形的山岩。

我们沿着硬实的雪地在峡谷间穿行，希望能碰到刚才见到的那只鹿，但眼中所见到的却是一眼望不到边的山岩，和山岩汇成的冷漠的海洋。

晚上 10 点钟。

这里到处是冰雪，天气很冷，我们从下面采来些鹿苔，点起篝火。没有蚊子，我们就在露天过夜了，打算天一亮就上

路。这时天空里没有一片云。我终于可以看到夜半的太阳了！现在太阳就高悬在天上，但是在湖光山影中，仍然可以感觉到某种"黄昏"的气息。

而在我们南方，黄昏最后一抹霞光斜照在树干上的时候，一块块深红色的斑点像燃烧着似的，那些到田里来活动的动物想尽快回到林子里去，而到林子里去的动物又想回到田里来——呈现出一片繁忙的景象。在我们那儿这时时间仿佛停止不动了：夜莺和鸫鸟唱完了最后一首歌唱晚霞的歌，相继闭上了嘴巴。但只一会儿的工夫，池塘上面就有蝙蝠起舞了，于是，一个新的、与白天不同的夜晚开始了……

这里的夜晚会是怎么样的呢？我耐心地等待着。

拉普兰人却没顾及到去想天上的太阳——他们喝着茶，神情非常满足，因为我把1/4的茶叶都送给了他们。

"在你们这里，太阳落到这儿就算'落山'了吗？"我想让他们和我一起看夜半的太阳。

"快了，就落到那块岩石那儿。看到了吗，就落到那儿！"

他们用手指着琼纳东德拉山说道。看来，他们一直住在山脚下，从未看见过山后面不落的太阳。在这段蚊子肆虐的时间里，他们是不去山里捕鹿的，所以也就没有看见过半夜里的太阳。

这时，天上的太阳不知为什么摇晃了一下。也许它在熄灭第一束光吧。我觉得好像有谁在峡谷后面的山里大喊了一声，紧接着又像小孩似的哭了起来。

"这是什么？听到了吗？"

"是鸟叫!"

在这寂静的落日的余晖中，这也许是极地地区的山鹬在叫呢。

11 点过了。太阳光一束接一束熄灭下去。拉普兰人喝足了茶，马上要睡着了，而我还强打精神，努力不让自己睡去。或许不知不觉中我要睡过去的，或许还会发生什么特别的情况，而让我又看不成这夜半的太阳了。我没有时间的概念了，我简直无法控制自己了! 我记不得今天是哪一天了。

"今天几号?"

"不知道。"

"几月份了?"

"不知道。"

"是哪一年?"

众人抱歉地笑了。他们全都不知道。世界停止不前了。

太阳光几乎全都熄灭了。我现在直视它，眼睛一点儿也没有刺痛的感觉。它仿佛是一个死寂的红色大盘，时而晃动一下，冒出一束耀眼的光来，但马上又熄灭了，像人死前的抽搐

一样。在黑色的岩石上到处都可以见到这种死寂的红圈。

拉普兰人看着猎枪上红色的余晖，用拉普兰语说着话，争吵着。

"你们在说什么，是在说太阳还是在说猎枪？"

"太阳。我们在说今年会是一个好年景——也许会顺顺当当的。"

"那去年的年景怎么样？"

"去年太阳落在那块石头上，比今年低。"

在我的身体里，那部分理智的东西仿佛已经沉睡，而仍活跃着的是一种非理性的东西，它让我自由地驰骋在纵向和横向的空间里。

瞧，有一只巨大的黑鸟正从红色的圆盘前飞过，我好像在哪儿见过这种鸟。它长着一对带膜的大翅膀和两只大爪子。又有一只飞过去了，又是一只。鸟儿们一只接一只地在圆盘前飞过，形成一个个黑点。而这时，拉普兰人已经坐在篝火旁了。

"你们不睡了吗？"

"不睡了。"

"刚才从太阳旁边飞过去的是什么鸟？看见了吗？"

"是大雁，要飞过大海呢。"

太阳光早就熄灭了，我也早就不去计算时间了。这时，无论是湖面上，天空上，山上，还是猎枪上——到处都是一片血样的红色，就连山石也变成了黑红色。

现在要是有一位参加过起义的大人物出现的话，他一定会用一种全新的、独特的方式点燃这片荒无人烟的土地，重新赋

 小圆面包

予它以生命和活力。但是，我们这些软弱、渺小的人，只能静坐在这山岩底下，无所适从，束手无策。我们居高临下，站在阳光照耀着的山顶上，能望见一切，但又什么也看不清楚……

这大概就是身处自然之中，对伟大人物的一种思念之情吧。

就在这时，我看到有一束阳光闪现出来。

"太阳光，看见了吗？"

"没有。"

"瞧，又闪了一下，看见了吗？"

"没有。"

"那你们往山上看一看吧！那儿正一点点儿变亮呢。"

"山变亮了。真的！是美丽的太阳发出来的光！"

"现在让我们睡上两个小时，好吗？"

"好的，好的！是该好好睡一会儿了。没有蚊子骚扰，多好啊。睡一会儿，等太阳回到原来的地方，我们就上路。"

穿过一个很大的湖泊之后，由依曼德拉到科拉城还得经过一连串的小湖泊和河流。

我们时而在林中穿行，时而乘船在水中划行。

受海洋暖流的影响，我们越接近海洋，就越觉得气候温和了。我是根据观察鸟儿才发现这一点的。在拉普兰南部的时候，鸟儿们还在孵蛋，而在这里却已经看见它们带着一窝雏鸟走来走去了。也许是我搞错了：从前没有这么仔细地观察过雌鸟，而一门心思地只想打猎。

在这里每走几步，就会碰上一窝山鹑或松鸡，但我们没有

开枪，心里只想着捉些鱼来吃。

过了一个白天，一个夜晚，又是一个白天，一个夜晚，太阳一直没有从天上落下来，它每天都是这样的。

越靠近北部的大洋，太阳在天上的位置就越高，半夜里它的光线就越加明亮。走到北冰洋附近，太阳在白天和夜晚几乎是一样的了。

有时，当你一觉醒来，睁开眼睛，半天也搞不明白此刻是白天还是夜晚。天空中鸟儿翩飞，蝴蝶起舞，被狐狸惊吓了的山鹑妈妈正惊慌失措。这是夜里还是白天呢？在你的记忆中没有了月份和日期，时间的概念已不复存在……

你会觉得你可以抛弃过去而重新开始一种新的生活，开始一种伟大的事业，你会因这样的感觉而突然欣喜若狂。

(1906 年)

人　参

米·普里什文　著

何茂正　译

一

　　地球上第三纪，大地冰雪封冻，可是野兽仍然留在自己的
故乡。骤然间变得天寒地冻，雪地上留下了老虎的足迹，它看
到这情景，感到一阵恐怖！但它并不离开故乡到别的地方去。
留在故乡的，不仅有凶猛的老虎，也有世界上最美丽、最温驯
的动物——梅花鹿，还有一些令人惊奇的植物：树状羊齿啦，
鹊不踏啦，了不起的生命之根——人参啦。如果说，连亚热带
的冰雪封冻都不能把野兽赶走，而 1904 年人们在满洲里射出
的隆隆炮火却把它们撵跑了，那么，这就不能不叫人思考起大
地上人类的威力来了。据说，从那以后，在遥远的北方，在雅库
茨克原始森林里，就常常可以看到老虎了。有一回我也出了一

件事——我曾亲眼看到而且直到今天还清楚地记得，一颗致命的炮弹呼啸着朝我们的战壕飞过来，之后我就什么也不清楚了！人们有时就是这样死去的吧：那时什么也弄不明白！事后不知过了多久时间，我发现周围的一切都变了：没有活下的人了，无论是自己人还是敌人都没有活着的了；战场上死人死马，一片狼藉；炮弹壳、子弹夹、劣等烟的空盒，满地都是；我旁边的地面上到处是弹坑，像患过天花的人脸上的麻子似的。后来，这场我在满洲里遇上的日俄战争结束了，我挑选了一支比较好的 3 厘米口径步枪，又满满装了一背包子弹，就回我的故乡所在的地区去。我从小就向往着神秘的大自然，没有想到途中竟来到这样一个去处，它仿佛就是一个按我的爱好开辟的天堂。我在哪儿都没有见到过像这个地方如此辽阔的原野：这儿有森林茂密的群山，绿草如茵的山谷，那草高得足以

93

把骑马的人隐没在里面，还有像篝火那样的大红花，像鸟儿似的飞舞的蝴蝶，以及两岸繁花似锦的清流。像这样任你自由自在地逗留在未开发的大自然中的机会，以后未必再找得到了！俄罗斯的国界离这儿不远，那边也有同样的自然风光。我向那边走去，很快发现了无数顺小溪的沙底爬上山去的山羊脚印。那是满洲里的按季节迁徙的山羊和麝，在向北穿过国界，成群进入我们的俄罗斯。① 我追了它们好长时间都没有追上，可是有一次，在马河发源处的对面山口，在一面高高峡谷的陡坡上，看见了一只公山羊，它止站在一块石头上，我猜想它已经发觉了我，在用它的语言骂我哩。当时我带来的面包干已经吃完了，两天来我只好用地上的圆滚滚的白色小蘑菇来充饥。这种蘑菇老了以后，踩上去会发出噗嗤的响声。原来，它是一种可以将就的食物，而且有点像葡萄酒那样起兴奋作用。我正饥肠辘辘，碰上了这只山羊，自然不由分说，就举起了枪，特别仔细地瞄准了它。正当准星对着山羊的时候，我又看到山羊下面不远处的一棵柞树下，躺着一只粗壮的野猪。原来，山羊不是骂我，而是骂那只野猪。我转过枪口瞄准了野猪，枪一响，不知从哪儿一下子窜出来好大一群野猪。而在那高高的、招风的山脊上，我先前没有看见的那一大群迁徙的山羊，突然受了惊吓，猛地沿着马河迅速向俄罗斯国界奔去。在那边的丘陵上，有两个窝棚，还有几小块中国人的庄稼地。我送给中国主人们野猪，他们高高兴兴收下了，并请我吃了饭，还给了我大

---

① 动物也会像候鸟那样迁徙，这种情况在远东特别明显。

米、小米以及其他一些食品。后来我明白了，在原始森林里，子弹像货币一样好使，所以我还用子弹做交易，这一路就十分顺当，相当快地过了俄罗斯国界。我翻过一座山脊，眼前就出现了蓝色的海洋。不错，单单为了居高临下观看这蓝色的海洋，这期间挨过这么多难熬的夜晚也是值得的。这些夜晚我不得不像野兽那样竖着耳朵睡觉，以提防不测，吃的是只凭子弹得到的东西。我从高处久久地尽情欣赏着面前的景色，我认为自己千真万确是世界上最幸福的人了。我吃了几口东西，从光秃的山顶上向雪松林走下去，又穿过雪松林慢慢地进入了满洲里沿海阔叶林的大自然里。那儿的那些天鹅绒般的树——黄伯栗，一下子就叫我分外地喜爱上了。因为它们显得那样地纯朴，几乎跟我们的花楸树一样，可是又不是花楸树，而是天鹅绒般的黄伯栗。在一棵黄柏栗的灰色树皮上，有几个刻出来的因时间长久变成了黑色的俄文字："这儿不能走，不然把你咔嚓掉！"怎么办呢？我又读了一遍，考虑了一会儿，只好遵从原始森林里的"禁令"，骤然转过身去，另觅新路。这时有一个人在一棵树后面注视着我，当我读了禁令，回转身的时候，他明白我不是危险人物，便从树后走了出来，往那个方向摇了摇头，向我示意不要害怕。

"可以走，可以走！"他对我说。

他勉勉强强用俄语给我作了解释。3 年前有一个中国猎人占据这个峡谷，在这儿捕捉马鹿和梅花鹿。他们刻下那句话，为的是吓唬人家不要在这儿走动，以免野兽受惊跑掉。

"可以走，可以走，走吧！"那个中国人微笑着对我说。

这微笑使我感到信服，又使我有点儿不安。最初我觉得这中国人不仅年纪很大了，甚至老态龙钟了：他的脸上布满了密密的皱纹，皮肤是土色的，两只眼睛藏在那老树皮一样的皱巴巴的皮肤里，勉勉强强露了出来。但他微笑起来的时候，那双美丽的眼睛就突然放射出黑亮的光芒，皮肤也舒展了开来，嘴唇富有表情了，洁白的牙齿闪闪发亮，整个面孔透露出年轻人一般的朝气，给人一种孩子般的值得信赖的感觉。这情况就好比：有些植物在坏天气里或夜间，灰色的内子叶会闭合起来，而天气晴朗的时候，就张开来了。他以一种特别亲切关注的神情，看了我一眼。

"我想吃点儿东西。"他说着，带我到他的小窝棚里去，那窝棚筑在峡谷中一条小溪旁边的一棵满洲里核桃树下面，那棵树长着巴掌大的叶子。

小窝棚有些旧，棚盖是用芦苇搭的，还拉上了一层网子，这样就不至于被台风刮走；窗子和门上没有玻璃，而是用纸糊着的；窝棚周围没有篱笆，但旁边放着各种各样的挖人参用的工具：小铲子啦，铁锹啦，刮刀啦，桦树皮做的小盒子啦，索拨棍啦。看不见窝棚旁边的小溪，它在地底下什么地方一堆乱石下面流着，不过离窝棚倒是很近，开门坐在窝棚里，就总能听见它那时高时低的歌声，有时又好像是非常愉快的、但压得很低的谈话声。当我第一次聚精会神地听着这谈话声的时候，我仿佛觉得的确是有"阴间"的，在那儿所有相爱的人儿离别后又重逢了，那满腹话儿白天、黑夜、几个星期、几个月都说不完啊……我命中注定了要在这窝棚里度过许多年，在这漫长的岁月里我感到这谈话百听不厌、常听常新，这同听螽斯、蟋蟀和知了音乐会的情况正好相反，因为那些音乐家的音乐单调得要命，你只要听一会儿，就麻木不仁，听而不闻了——这些小动物之所以被创造出来，好像只是为了使人的注意力离开自己的血液运动，只是为了使荒野的寂静显得那么深沉，如果没有这些小动物，那儿的寂静就不会那么深沉似的；但是我永远也忘不了这地底下的谈话声，因为它总是那么变幻无穷，而且那感叹的声调也总是突如其来，别具一格。

那寻找生命之根——人参的人收容了我，招待我吃了饭，但他并不问我是从哪儿来的，到这儿来干什么。我美美地吃了一顿，诚挚地看了看他，他也朝我笑了笑，就像见到一个知己甚至亲人那样，他举手指了指西边说：

"阿罗西？"

我立刻明白了他的问话，回答说：

"是的，我是俄罗斯人。"

"你的阿罗西在哪儿？"他问。

"我的阿罗西莫斯科人，"我说，"你呢？"

他回答说：

"我的阿罗西上海人。"

不用说，在我们的语言中，"我的"和"你的"就这样完全偶然地一致起来了，我感到，在他这个中国人和我这个俄国人之间，就像有着共同的故乡阿罗西似的。

离窝棚不过二十来步远，就是一片无法通行的树木杂草丛生的去处，其中有柞树、黄伯栗、小叶槭树、千金榆和紫杉，

它们的树干上结结实实地缠绕着一些北五味子和葡萄的藤蔓，还有带刺的植物，非常高的艾蒿，以及在我们那儿花园里才见得到的完全相同的丁香。这个中国人的名字叫卢文，他经常到下面去打水。他在这儿踩出了一条小路，这条依稀可辨的小路，绕过那树木杂草丛生的地方，很快通到一处悬崖的边上。这时在窝棚旁边所听见的全部谈话声，更是仿佛从阴间冒了出来。水流从岩石底下来到了世间，立刻在迎面的峭壁上碰得粉碎，变成五彩缤纷的水雾飞落下去。而且那宽阔陡峭的岩石也微微渗着水，总是湿漉漉的，亮闪闪的。一股股细细的不可胜数的水流，汇集到下面那欢快奔腾的露天清泉里面去了。我永远也忘不了这一份福气——我在这泉水里痛痛快快地洗了个澡，一路历尽千辛万苦，这可是对我的最大的报偿了！在后面的山脊那边，小虫子咬得我不得安宁，而在这里，在这紧靠海边的地方，既没有蚊子，没有牛虻，也没有小虫。从我洗澡的地方往下去一点儿，几块石头间形成一个漩涡，我把衬衣放在那儿任那泉水漂洗，而自己却坐在"浴池"里面，任泉水从上面向我头顶喷洒下来，那痛快劲就好像在洗淋浴一样。那一道道喷泉跌落下来，哗哗作响，淹没了动物所害怕的人的一切可怕的声音，因此便不时有动物若无其事地走到泉水边来饮水。这是我在这沿海原始森林里的初次探胜中的一个发现。

在阔叶树的树阴下，长着一片片喜欢阴凉的青草。在那草地上，42度纬线上的骄阳到处洒落下斑斑驳驳的光点。这沿海地区的夏天，是多雾的季节，只有极少数几天才是艳阳普照的，今天我正好赶上了这样的日子。在斑斑驳驳的光点之间，假使有什么动物一动不动地躺在那里，我真辨别不出它们红毛上的那些斑点跟太阳洒下的光点有什么不同。有几只梅花鹿大概就这样在附近什么地方躺了一会儿，现在站了起来往溪边去饮水，我才发现它们身上的斑点和阳光的光点简直相差无几。凡是到这东部地区来的人，谁没有听说过这沿海原始森林里的这种极稀有的野兽，它们的角在幼嫩含血的时候，好像有着使人恢复青春和欢乐的药力呢？那就是中国人认为十分珍贵的鹿茸，它的神奇故事我听过好多好多，以至于觉得别的一切故事和神话都没有多大意思了。你看，在紧靠水边的地方，那一棵满洲里核桃树的两片巨大的叶子之间，就有一对著名的鹿茸角伸了出来，毛茸茸的，桃红色的，长在那有着一双美丽的、灰色的大眼睛的活灵灵的脑袋上。这长着灰色的眼睛的头刚向水面低下去的时候，在它旁边又出现了一个没有角的脑袋，那一双眼睛更加漂亮，不过那不是灰色的，而是黑亮黑亮的颜色。这是一只母鹿，在它身旁，有一只幼鹿，鹿茸角还没有长出来，只现出细细的尖顶，它旁边还有一只非常小的鹿，一个小不点儿，不过身上也布满了跟大鹿一样的斑点。这小家伙甩着四只小蹄子，径直朝小溪走去。小家伙一步一步往前走着，从一块小石头上走到了另一块小石头上，接着停了下来，恰好停在我和它母亲之间的地方。母鹿想检查一下小鹿的能力，抬起头来看它，很凑巧，那视线落到了像木偶似的坐在飞沫下的我的身上。母鹿愣住了，呆呆地看着我，研究起我来，捉摸我是石头还是什么能动的东西。母鹿的嘴是黑色的，对动物来说，那嘴可是太小了，不过它的耳朵非常大，而且那么端

庄，那么机警，有一只耳朵上还有一个孔，看过去是透亮的。其他的细节我就顾不上观察了。它那双美丽的、又黑又亮的眼睛把我的注意力全吸引住了——那简直不是眼睛，而是两朵花儿。我一下子就明白了，中国人为什么把这种珍贵的鹿叫做梅花鹿，因为这种鹿像梅花一样好看呀，真是难以想象，有的人看到这样的花儿般美丽的动物，竟会用枪瞄准它，射出那可怕的子弹，使它身上出现透亮的弹孔。我跟这头梅花鹿相互对看了多久，我也不清楚，我觉得，那时间可长了。我弄得有点儿喘不过气来了，呼吸感到愈来愈困难，大概因为如此激动的缘故，我眼睛上的反射光点也晃动起来了。梅花鹿看到了，慢慢地抬起它那细细的、长着小小的尖蹄子的前腿，把那腿弯曲起来，突然又使劲伸直，在地上跺了一下。接着抬起那双灰眼睛盯着我，那神情就像是居高临下审视一件微不足道的、讨厌的东西。它凭着自己的天性是无法觉察人类生活中的丑恶事态的，但它仍以它那鹿王的威严看着我，只不过没有像那些社会地位高的人对待小小的求情者那样对我说："我很愿意帮您的忙，不过请快一点说清楚是怎么回事。我自己是弄不明白的。"正当梅花鹿跺了一脚，疑惑不解地抬起长着毛茸茸的短鹿茸角的端庄脑袋的时候，在稍低的地方有许许多多东西骚动起来，原来在许多脑袋中有一个大脑袋在向前移动着，不一会儿就露出整个一只鹿来，那只鹿的脊梁上有一条皮带似的显眼的黑色横纹。甚至在这么远的地方，就可以看出那黑脊梁的眼神里流露出的不祥的神情，它那乌黑的、忧郁的眼睛里透露出某种不好的意图。黑脊梁身边所有的鹿都根据那只梅花鹿的信号一动

100

不动地看着我，连小溪中的小鹿也学着那些大鹿的样子凝立不动。它渐渐地感到疲倦了，和所有的鹿一样自然也苦于虻子咬，而且又耐不住寂寞，于是抬起一条腿来搔痒。这时我也耐不住了，微微一笑，梅花鹿明白了我的意思，坚决地使劲跺了一下脚，把一块石头跺翻，噗通掉进水里，溅起一片水花。接着它突然动了动黑嘴唇，像人那样打了一声唿哨，然后转过身来，拔腿就跑，同时翻起了尾部的白毛，那情景就像展开了一块特别的、宽大的白餐巾，让跟着它的那些鹿都看得清楚它在往灌木丛里什么方向跑。那一岁的小鹿，那灰眼睛，那黑脊梁，还有其他的鹿，都跟着这头母鹿拔腿就跑了。等它们全都跑了以后，又有一只漂亮的母鹿径自跳到小溪的中央，停下来，仿佛用那美丽的嘴脸发问："怎么回事，它们往哪儿跑啊？"猛然间，它朝着相反的方向跑去了，越过小溪，很快出

现在峡谷的陡坡中腰，从那里往下看了看我，又继续往前跑，又居高临下看了我一眼，接着就消失在黑色岩石和青色天空交接处的后面了。

二

卢文把窝棚筑在深深的峡谷里，为的是防患海边的可怕台风，不过，只要顺着陡坡，往上爬 100 米左右，到那峡谷口，就可以看见太平洋。我们的咔嚓峡谷，在离我遇到那只鹿没有多远的地方，就向祖苏河的大河谷通过去。溪水流到这里，已经平稳得多了。河谷渐渐变成了盆地。流水经过艰辛的奔波，流过山沟，流过河谷，终于稳稳当当地、得意扬扬地注入了大洋。

我来到这儿的第二天，就有一条船开进祖苏河港口，把一批移民送了过来。等移民们安顿好，船也就在这儿停了两个星期。就在这期间，发生了一件我生平中最重大的事情，下面我就来讲讲这件事儿。

祖苏河流经的盆地，整个儿繁花似锦。我深深体会到，这里的每一朵花要是诉说起自己来，那都是纯朴动人的故事；在这祖苏河流域，每朵花都是一个小小的太阳，都可以讲出太阳光和大地相会的一段故事。要是我能够像祖苏河的普通花朵那样来讲自己的事儿，那该有多好啊！这儿有鸢尾花，从淡蓝色到黑色几乎样样俱全；有各种颜色的兰花，有红色的、黄色的、橙黄色的百合花。在繁花之间，到处散布着星星点点的鲜红色的石竹。在这些山谷和盆地里，那些普通而美丽的花朵上，处处彩蝶翩跹，犹如五彩缤纷的花朵在飞舞，有黄色间红、黑斑点的大凤蝶，有土红色、闪现出各种霓虹色彩的荨麻蛱蝶，还有深蓝色的奇异的大金凤蝶。其中有些蝴蝶——我还是第一次在这里看到——能落在水面上并在水上漂浮，然后再腾飞起来，在花的海洋上飞舞。蜜蜂和黄蜂在花间奔忙着；毛茸茸的，腹部有黑、白、橙、黄不同颜色的熊蜂，嗡嗡地在空中飞来飞去。有一次，在我观察一朵花的花萼时，发现了一种我从来没有见过的、直到现在也叫不出名字的蜂：那既不是熊蜂，也不是黄蜂，更不是蜜蜂。在花丛之间的地面上，还到处有敏捷的步行虫奔跑着，黑色的埋葬虫爬行着，那儿还隐藏着一种古代残留下来的巨大的甲虫，一碰到什么情况就突然飞起来，毫不拐弯地直接飞上天空。在盆地上的这片繁花和热闹的生活中，我觉得，只有我不能直接对着太阳看，不能像花朵那样讲述纯朴的故事。我不能直接看着太阳讲太阳的情况，而要避免同太阳对视。我是人，我的眼睛会被太阳光刺得什么也看不见，我只能热情地关注太阳所照耀的万物，把太阳给予它们的光芒收集在一起来讲太阳的情况。

我从我们窝棚上方高耸的岩石上看到了那条轮船，很想看看它运来的那些人。我向我们的咔嚓小溪和祖苏河相汇合的那个地方走下去。这时候天气十分炎热，我感到很疲倦，想休息一会儿。在小溪和祖苏河汇合处的河岸上，好些葡萄藤结结实实地缠在一些幼小的满洲里核桃树上，这样一来，这些树变成

严严实实、密不透光的深绿色帐篷了。我很想钻到这样的一个
帐篷里去，如果那儿凉爽舒服的话，我就在那儿坐一坐，歇一
会儿。不过，要拨开粗壮结实的、乱糟糟缠绕着向地面垂下来
的葡萄藤，钻到那里面去，可不是件容易的事。不过我还是拨
开了一个地方，往里一看，发现被藤蔓缠绕的树干四周，有
一块从外面看不见的、相当宽敞干燥的地方。那儿非常凉爽，
我走了进去，在一块石头上坐下来，把背靠在那棵树的灰色树
干上。当然，在这"帐幕"里面，并不像在外面感觉的那样密
不透光，这儿的绿叶仿佛能自己放光似的，而且这里还到处有
反射进来的斑斑点点的阳光。这地方可真是万籁俱寂，但是不
一会儿，我竟发现了什么动静，我感到非常惊讶，只见那斑斑
点点的光影在移动着，仿佛有人在外面时而挡住了阳光，时而
又移开了似的。我小心翼翼地拨开葡萄的嫩枝，看见离我只有
几步远的地方，有一只母鹿站在那儿，它身上布满了光斑。幸
好，风儿是朝我的方向吹的，那鹿离我又近，我连鹿的气味都
闻到了。不过，要是风儿是从我这边向鹿那边吹的话，那又会
怎么样呢？我真是捏了一把汗，那样，我无意中发出什么细小
的声音，那鹿都会觉察出来啊。我屏住了呼吸，那鹿离我越来
越近了，它像所有极其小心的野兽一样，走一步停一停，竖起
它那一对非常长的警惕的耳朵，朝着它从空气中闻到什么气味
的方向听着，以至于我一度以为这下子什么都完了。你看，它
把耳朵直对着我了，这时我发现它左耳朵上有一个弹孔，我真
是欣喜异常，像遇见了老朋友一样，认出了它就是那只在溪边
向我跺过脚的母鹿。现在它也和当时一样，在疑惑或者沉思中

抬起一只前腿，就这样一动不动地停在那儿；要是我呼出的气
息哪怕触动一张小的葡萄叶子，它就会急速地用前腿跺一下
地，然后一溜烟跑得无影无踪。但是我纹丝不动，于是它慢慢
地放下前腿，向我走过来一步，再走一步。我直看着它的眼
睛，那双眼睛如此美丽，简直叫我吃惊，我联想到只有女人脸
上的眼睛才这样美丽，又觉得只有嫩枝上的花朵才这样迷人，
这是我在祖苏河花野中的一个意外发现。这时，我再一次理解
了把它称为梅花鹿是最好不过的道理了。我还高高兴兴地想
到，好几千年以前一个默默无闻的黄脸孔诗人，看到了这样的
眼睛，就曾把它理解为花朵，而我这个白脸孔的人，现在也是
把它理解为花朵。我之所以感到高兴，还因为我不是孤单单的
一个人，世界上有些事情是众所公认的，无可争辩的。我从而
也理解了中国人为什么要特意推崇这种鹿的鹿茸，而不是粗野
的马鹿或者大角鹿的鹿茸。诚然，天下有益的、甚至可以入药
的物品多的是，然而普天之下，有益的同时又是绝顶美丽的东
西却少的可怜。这时，这只梅花鹿向我的帐篷又靠近几步，突
然用后腿立起来，把前腿举得高过我的头，把两只雅致的小蹄
子穿过缠在一起的葡萄藤向我伸过来。我还听见它伸着头吃水
灵灵的葡萄叶子的声音——葡萄叶是梅花鹿爱吃的食物，我们
人尝尝它也是觉得顶可口的。我看见了母鹿身上流着奶的大乳
房，又想起它一定带了小鹿来，不过，我当然不敢弯下身去，
从窟窿里往四处张望寻找那小鹿，它肯定在附近什么地方。我
是个猎人，从某种意义上说也等于一头野兽，我真忍不住想悄
悄地抬起一点儿身子，猛不防地一把抓住它的那两只蹄子。是

的，我是个身强力壮的人，我感到只要用两只手狠狠地抓住那蹄子根，我便可以降服这只鹿，用腰带把它捆绑起来。我这种要抓住这鹿，把它据为己有的难以抑制的欲望，任何猎人都会理解的。然而，在我的身上还有另外一个我，他感到不应该去抓这只鹿，恰好相反，既然出现了这美妙的瞬间，他倒是想使这瞬间成为不可侵犯的，把它永远铭记在心里。当然，我们都是人，我们大家或多或少有这样的情况：就连最酷爱打猎的人，当被子弹打中的野兽快要死的时候，心肠也会是软的，不会变得又硬又狠的了，而最温柔的诗人，也总想把花儿、鹿、鸟儿据为己有。我自己十分清楚我是个猎人，可是我过去一直没有想过，也一直不知道，我身上还有另外一个我，我这个猎人的手脚会被美好的或者还有别的什么感情捆绑起来，就像捆鹿一样。我身上的两个我在打架。一个说："你会失去这一瞬间，这机会是一去不复返的，为此你会伤心一辈子的。快抓住它吧，动手吧，你会得到一只母梅花鹿，一只动物界最美丽的动物。"另一个说："安安静静地呆着吧！可以把这美妙的瞬间保留下来，千万别用手碰它。"这正好像一个童话里说的，当猎人瞄准一只天鹅的时候，忽然听见天鹅哀求他：请不要打它，请等一会儿；后来才明白，原来天鹅是公主的化身。猎人住手了，没有打天鹅。结果，他眼前出现了一个美丽的活公主。我内心斗争激烈，连气都不敢出。但这番自我斗争叫我付出了多么大的代价啊，简直要了我的命！我克制着，浑身轻微地颤抖起来，就像一只见到猎物的狗那样。我这兽性的颤抖可能感染了梅花鹿，使它感到不安了。它轻轻地把蹄子从缠在一

起的葡萄藤中抽回，四条细腿落地站着，从昏暗的枝叶间特别仔细盯着我看了一会儿，便转身走了，可是没走几步，又突然停下来，回头看了看。这时只见小鹿不知从什么地方钻了出来，走到它跟前。于是它又和小鹿一起直愣愣地看了我老半天，之后才钻进绣线菊丛里，消失不见了。

三

流经山中原始森林里的河流，每到春季以及夏秋两季的汛期，总要把许多被台风刮倒的和大水冲倒的林中巨物——杨树啦，雪松啦，千金榆啦，兴山榆啦，一一带到海岸上，用沙土掩盖起来。这样一年一年过去，沙土里的木头愈积愈多，大海逐渐往后退去，于是形成了海湾。

祖苏河和大海一个前进一个后退，这儿的陆地和大海的界线便变成了半圆形，这个过程可是经历了多少个百年的时间啊?! 轮船的汽笛声终于打破了海边荒漠的寂静，海湾之间这个小石头岛上所有的海豹都被吓得跳进了水里。在这之前，有多少海兽到过这个石岛上啊?!

就在这海边沙滩上，有着那么一棵大树，它的一半已被沙土掩埋了，看上去像是变成了化石的海上大怪兽的背脊。那树梢上有两根突兀的粗枝，黑不溜秋的，满是节子的，似乎把蓝天一下就劈成两半，一直劈到了地平线上。在这棵树的一些细枝上，挂着一些白白的、圆圆的、顶好看的、像盒子一样的东

西，那是被台风刮来的海胆的骨骼架子。有一个女人背向着我坐着，正在收集大海送给的这些礼物，装到一个小旅行袋里。大概，葡萄藤缠绕的树旁的那只美丽的梅花鹿给我的影响太大了，我总觉得，这个陌生女人身上有什么东西像是梅花鹿，我坚信只要她转过身来，我就会在这个人的脸上看到那双梅花鹿似的极其美丽的眼睛。我到现在也不明白，这是怎么一回事：如果仔细端详和加以描画，两者是丝毫也不会相像的，但我还是以为只要她转过身来，我面前便一定会出现一只女人的化身的梅花鹿。过了一会儿，我的预感似乎有了答案，我觉得真的发生了天鹅公主童话中的那种变化。她的眼睛和梅花鹿的眼睛是那么一模一样，以至于鹿身上的其他一切东西——毛，黑色的嘴唇，机警的耳朵——不知不觉地都显出了人的特征，同时又像鹿身上的一样，保持着真和美的绝妙统一，仿佛是上天赋予的一种不可分割的真和美。她既警惕又惊讶地看着我，我似乎觉得，她就要跟鹿一样向我跺一跺脚，然后跑掉。这时候我思绪万千，恍惚迷离，在朦朦胧胧的思绪中仿佛对一些明确的或不明确的东西做出了判断，但至今也找不到实实在在的、准确无误的语言来加以表达，而且不知道这里会不会有我获得自由和解脱的时刻。是的，当我走出峡谷，来到繁花似锦的祖苏河盆地，见到无穷无尽的河水向蓝色的海洋流去的时候，我真想说，我那种独特的心境，用"自由"这个词来表达，是最接近不过的了。

还有最主要的事情，那就是有两个我。当梅花鹿把两只蹄子穿过缠在一起的葡萄藤向我伸过来的时候，一个我是猎人，

想用两只有力的手抓住它的蹄子根；另一个我是陌生的人，想把那瞬间永远留存在极度紧张的心中。现在我可以毫不犹豫地说，当时我正是那样，正是作为一个连我自己也感到陌生的人，屏息悬心，既胆怯又欣喜地，然而异常有力地走到了她的身旁，而她一下子就理解了我。她也不可能不理解我，不给我以回答。如果这种情况不是一辈子只出现一次，而是永远这样下去，那么我们大家就可以在任何时间、任何地方让每一朵花儿，每一只天鹅，每一头母鹿变成公主而活在人世间了，就像我同我跟前的这位公主的化身的人一同存在于祖苏河的百花盛开的盆地上、山野里和大河小溪的岸边一样。我和她去过雾山，那儿一度是座火山，而现在那儿有许多珍贵的梅花鹿。我们又回到窝棚里听我们祖先在地底下谈话。就在这里，采参人卢文给我们讲了人参能使人的青春和美丽永驻的奇妙功能。他甚至给我们看了用人参、鹿茸以及别的什么可入药的小蘑菇配制成的药粉。但当我们嘻嘻哈哈地向他索要永葆青春和美丽的药粉的时候，他却突然大为生气，不再和我们说话了。他很可能是以为我们不相信他，竟嘻嘻哈哈地对待他，因而感到恼火；也可能是因为他深信，为了找到人参，必须诚心诚意，所以给我们一点儿教训。我们也应该像他这个采参人那样，想想自己的诚意究竟如何。还可能是卢文这位老人家看到我们这么幸福，这多多少少像闪电一样突然地给了他一点刺激。在我身上依然有两个人，就像对待美丽的梅花鹿有着不同态度的两个人一样：一个是猎人，另一个是我还感到陌生的人。当我们走进我的葡萄帐篷守候梅花鹿的时候，我犯了一个错误——更确切地说，不是整个我犯了错误，而是作为猎人的我犯了错误，我表现出一种占有的欲望。她很恼火，对我的态度立即变了：似乎出现了一次闪电般的突发情况，破坏了我们之间的友好关系。但我重新鼓起劲来，表现出了我常有的一种可以征服一切的高尚感情。这时我们正坐在葡萄藤帐篷里，从窟窿眼里突然看见了美丽绝伦的梅花鹿，它同小鹿一起穿过了林中空地，来到了离我们很近的地方，吃了会儿葡萄叶子，然后往前去，走进长满绣线菊和崖柏的灌木丛里，消失不见了。我仍怀着崇高的感情向她讲述了我上次见到这只梅花鹿的情形，讲到它如何立起来，把小蹄子伸进缠在一起的葡萄藤里，我如何轻微地浑身颤抖，百般按捺想抓住它的蹄子把它捆起来的心情，而另一个我（那个连自己也感到陌生的人），却帮助我把那美妙的瞬

间永远留在了脑海里，因此仿佛为此而奖赏我似的，那梅花鹿变成了一个公主……

我给她讲这个故事，是想对她表明，我是能够保持高尚感情的，这次我只是偶然犯了错误，以后不会再犯的。我说话的时候，眼睛没有看她，而是看着我们周围的绿色空间。我避开她的目光，把我心中这个最大的秘密向她和盘托出了。我以为我已经达到了目的，现在可以直视她的眼睛了，可以在她的眼睛里看到……我以为会看到蔚蓝色的柔和光芒，可是出乎意外的是，我没有看到蔚蓝色的光芒，却见到了一团火。她的脸上布满了火一样的红晕，眼睛半开半闭，头向草地低了下去。就在这一瞬间，轮船的汽笛声响了，她不可能听不见，但她不管它。而我，同遇到那头母鹿时的情形一样，完全愣住了。后来我也像她那样，浑身火热热的，简直要被烧化了，不过我仍然一动不动地坐着。轮船的第二次汽笛声响了，这时她才站了起身来，理了理头发，眼睛没有看我，走了出去……

四

当你站在岸上的时候，你会感到大海的喧哗声给你以慰藉，这是为什么呢？波浪拍岸，发出有节奏的声音，这是述说着地球这个行星在进行它的生活中的周期性运转，波浪拍岸——这是这个行星本身的钟表在发出滴答声。地球的周期性运转同你在岸边散乱的贝壳、海星、海胆间匆匆度过的生活中的

短暂时刻相遇，你便会深深思索起天地间的整个生活来，你个人的小小哀痛也就会消失，感到这种哀痛隐隐地远去了……

紧靠海边的水中，有那么一块石头，样子像一颗黑色的心。大概是一次极大的台风把它从峭壁上刮了下来，放在水下的另外一块岩石上，不过似乎没有放稳当。假如你俯伏着把你的心紧贴在这块石头上，屏息静听，你会感到随着波浪的拍击，那块形状像心的石头在微微地颤动。不过我也说不准那石头是不是真的在颤动。也许那不是海水拍击下的石头在颤动，而是因为我自己的心在跳动，我才感觉石头在微微地颤动。也许因为我孤单单一个人，感到很不好受，真想有个人来做伴，以至于竟把这块石头当做了人，跟它在一起就像跟一个人在一起一样。

这块心一样的石头，朝上的一面是黑色的，近水的一半是深绿色的，那是因为涨潮时这石头全部浸在水中，长上了一些绿色的水草，而潮退以后，水草就无可奈何地垂挂在那儿，等待着潮水的再来。我攀登上了这块石头，从这儿目送那只轮船离去，一直到它从我的视线中消失为止。之后我便躺在这块石头上，久久地聆听着：啊，这石头的心在发出它的跳动声，通过这颗心，周围的一切都渐渐地跟我沟通了，周围的一切好像都是我的了，好像都是活的了。我过去从书本里一点一点学来的关于自然界的知识，全都是彼此孤立的，人——就是人，动物——只是动物，还有植物，还有无生命的石头，彼此都是不相干的。从书本里学来的这一切，全不是自己的东西。而现在，一切东西在我看来都好像是自己的了，而且，天下万物都

好像变成了人一样的了，无论是石头、水草、拍岸的波浪，也无论是像渔人们晒渔网一样在石头上晒翅膀的鸬鹚，都好像是人了。拍岸的波浪使我心境平静，又给我以抚爱。稍离海岸、隔着一道水的我，从朦胧中醒了过来。石头的一半淹在水中，周围的水草微微漂动，有如活的人一样。波浪拍击着沙嘴上的鸬鹚，但它们还蹲在那儿晒太阳，突然，波浪冷不防地泼了它们一身，几乎要把它们席卷而去了，但是它们重新蹲好，把翅膀张得像硬币上鹰的翅膀似的，仍旧晒起太阳来。这时，我的脑海里出现了一个看起来十分重要的、必须加以解决的问题：为什么鸬鹚们单单要守在这个沙嘴上，而不愿飞到稍微高一些的地方去晒翅膀呢？

第二天，我又来到这儿听波浪拍岸的声音，我朝轮船远去的方向看了好久。之后，从迷惘中清醒过来，隐隐约约地见到新来的人们在岸上蠕动。我想，不管我去问谁，他们都会以为我是一个流浪汉，一个无家可归的人，都要防范我，把斧头和铲子藏起来。要是那样的话，他们可真是看错人了！是的，我当过流浪汉，但现在我深深地受了创伤，种种痛苦使我觉得，不管在什么地方，情况都是一样的——大地上的一切生物对我来说都是这么回事，我现在再没有什么可以寻求，外界的变化也好，我内心的变化也好，都不会给我带来任何新东西。我想，仅仅是出生的地方，还算不上整个故乡，出生地再加上自己的什么东西，那才是整个故乡。

海上的暑气在上升，那暑气到了山脊那边碰到冷空气，化为霏霏白雾像细雨般洒落下来。不过我觉得，那仿佛是些白衣白裙的彪形射手，摇摇摆摆地从天上降落下来，在向我进攻，但他们不是用子弹一下子结果我，而是用细小的霰弹打我，使我遍体鳞伤，备受折磨，却又神志清楚，非要我从这必须受的痛苦中去理解一切不可。不！我现在再不是流浪汉了，我很理解那些鸬鹚，尽管它们在这沙嘴上晒不好翅膀，却仍然不愿意飞到高一些的岩石上去。那是因为，它们在这儿可以捉到鱼吃，所以留连忘返。"要是飞到高一些的地方去，那当然是容易把翅膀晒干的，"它们想，"可是那样就会把鱼儿错过的。不，我们还是留在这沙嘴上吧。"它们就是这样自找苦吃，把海边沙嘴作为落脚的地方。我还觉得，这心一般的石头躺在这儿，在波浪的拍击下微微摇晃，大概要躺上 100 年，时间甚至还要长，要躺上 1000 年，并这样不住地摇晃着。和它相比，我没有任何特别的优越之处，我又何必改变地方去寻求安慰呢？没有什么安慰可寻求啊！

我鼓起全部勇气，坚定不移地告诉自己，没有什么安慰可寻求，我也不会再一次指望外界的某种变化给我带来什么美事，再一次受到诱惑了，这时候我便感到，我的痛苦立刻减轻了，我可以轻松地过一些日子。于是，我想起了卢文，便到他的窝棚里去，就像回老家一样。

今晚峡谷下面又闷又潮，所有会飞的昆虫都活跃起来了，成千上万的昆虫为了在飞行中交配，都点起了它们的夜明灯。那灯光仿佛是从神秘的月亮那儿借来的。我坐在窝棚的棚檐下，注视着某只萤火虫飞行路线的起点和终点。每只萤火虫发光的时间都很短，只一秒钟，也许两秒钟，接着光线就熄灭

了，不过另一只萤火虫立刻又开始发光了。是不是萤火虫也要休息一下，再继续画出它的发亮的线路，或者一只萤火虫发亮的线路中断了，另一只再把它接续上，就像我们人类的世界里的情况一样呢？

"卢文，"我问道，"这事，你的是怎么理解的？"

"我的现在的理解跟你的一样。"

这是什么意思呢？

这时在地底下，也就是忽高忽低地老在谈话的地方，突然发生了什么事情，轰地响了一声。卢文侧耳细听起来，脸色非常严肃。

"是不是，"我说，"那儿有块石头掉下去了？"

他没有听懂我的话。我用手在空中画了一个圆圈，表示那是一个地洞，描绘一块石头掉到了水里，阻碍着小溪流动。卢文完全同意我的看法，又说道：

"我的现在的理解跟你的一样。"

他是第二次说这话了，我仍然搞不清他这话的意思。突然，小狗莱巴夹着尾巴，跑进窝棚里面来，很可能是外面附近什么地方有老虎走过，说不定那老虎就躺在乱石中间，想捉住莱巴。为了防患于未然，我们升起了一堆篝火，这一下子却招来了无数的夜蛾。在这种又闷又潮的夜里，夜蛾多极了，连它们翅膀的窸窣声都可以听到。我从来没有听说过，夜间有这么多的蛾子在空中飞行，能让人听见它们翅膀的窸窣声。假如我像不久以前那样是个单纯而健康的人，我就不会像现在这样赋予这窸窣声以如此特殊的意义，把它叫做生活的窸窣声了！然

而现在这一切不知为什么这样深刻地触动了我。我凝神细听，睁大了两眼，惊讶到了极点，问卢文对此作何理解。他第三次意味深长地说：

"我的现在的理解跟你的一样。"

这时我仔细看了看卢文，终于突然理解了他的意思：他感兴趣的不是飞来飞去的萤火虫的生活情况，不是地下石头崩裂的情况，不是无数蛾子的生活中的窸窣声，而是我本人。一切活的东西，早就成了他关心的对象，而且他自己就生活在其中，当然对一切事物他有自己的理解，但是现在他感到更重要的，是要从我对眼下景象的关切中，来了解我这个人。再说，他当然也很清楚，轮船把什么人从我身边带走了。这时他拿来一张獾子皮（这獾子皮是他寻找人参时一直伴随着他的），然后和我一起坐在棚檐下，裹上这皮子，那样子活像一只狗。他就一直是这样裹着獾子皮睡觉的。他睡觉的时候，别人整夜都可以和他说话，他在睡梦中可以回答你的通情达理的问题，不过那好像是一个睡着了的人在口齿不清地嘟哝着一样。

现在，当事情已经过去了许多年，我也已经饱经风霜了，我才想到，使得我们能够理解整个生活中的亲密关系的，毕竟不是痛苦（在那个夜里我可是理解成是痛苦），而是欢乐。痛苦如同犁一样，只不过掀起一层泥土，为新的生命提供成活的可能性而已。然而却有许多天真的人，认为毕竟是痛苦使我们理解了别人在生活中同我们的亲密关系。当年我也觉得，仿佛我是凭了自己的痛苦，才突然理解了一切的。不，那不是痛苦，而是生活的欢乐，它从我内心的深处向我展示了一切。

"卢文，"我问道，"你以前有过女人吗？"

"我的不明白。"卢文回答说。

"一个太阳。"我一边指着太阳，一边做着否定手势，意思是说，一天过去了，这样得出"昨天"。我伸出两个手指头，表示我们昨天是两个人。然后伸出一个手指头，指着自己说：

"今天我是一个人。"

同时我指着轮船离去的方向说：

"女人在那儿哩！"

"太太！"卢文兴奋地喊道。

他明白了：我说的女人在他看来是"太太"的意思。我于是做出脑袋横躺着、闭着眼睛的样子。

"睡了睡了，太太！"

他的意思是说，他的太太早死了。

"是说你的妻子吗？"

他又不明白了，我又给他比划：两个大人在一起睡觉，生出孩子来。

卢文明白了，眉飞色舞起来：这是老婆，那就是妻子的意思，而太太是新娘子的意思。他比划着一个只有一半身材的人，另一个更小一点，第三个还要小一点，还有第四个，第五个，还有一个很小的拴在背后，而且肚子里还有……

"好多啊，好多啊，你就两只手干吧！"

那个老婆子是他哥哥的妻子，哥哥自己"睡了睡了"，他自己的太太也"睡了睡了"，他的老婆也"睡了睡了"，他的孩子们也"睡了睡了"，而卢文自己在为哥哥的老婆干活，把钱

寄到上海去。

我们的这一夜显得很长。我在朦胧中嘟哝着：

"睡了睡了，太太！"

卢文回答说：

"但愿平平安安，太太！"

很可能老虎并没有在我们附近逗留，而是往别的地方去了。莱巴不久就从窝棚里面走了出来，蜷曲着身子伏在卢文身边。不用说，火堆已经熄灭了，翅膀的窸窣声也听不见了。但从月光那儿借来的无数盏夜明灯，仍在交配的飞行中把夜空划破，直到清晨来临时才消失。植物用它们的宽大叶子从潮润的空气里吸足了水分，这时突然霏霏细雨般把它洒落下来。

你看面前的这块岩石，上面无数的缝隙像泪壶一样渗着水，大粒大粒的水珠滴落下来，就像这岩石一直在哭泣一般。

我分明知道，那不是人，而是块石头，石头是没有感情的，不过我这个人有满腔热血，只要亲眼见到石头像人一样在"滴泪"，我就不能不同情它。我又躺在这块岩石上，我自己的心在跳动，却觉得是岩石的心在跳动。你们别说了，别说了，我自己知道，这只不过是一块岩石！可是我实在渴望有人来给我做伴，我把这块岩石当做了知己，而且世界上也只有它才知道，我跟它是心心相印的。有多少回我在呼唤："猎人啊猎人，你为什么放走她，不把她的蹄子抓住呢？"

五

我那时真是太天真、太单纯了。当时我深信，只要像抓住鹿一样抓住未婚妻，就大功告成了，生命之根的问题就解决了。我的孩子们，可爱的小伙子们和亲爱的姑娘们，我那时也跟你们一样，因为年轻的缘故，十分看重你们所说的没有玫瑰花和稠李花的爱情。是的，我们的生命之根当然是在泥土里，从这方面来说，我们的爱情也跟动物没有两样，不过，我们不能因此便把自己的花和枝埋到土里去，而让本来隐蔽的根暴露出来，使人的生命的根基失去覆盖。遗憾的是，这个道理往往要时过境迁，等到危险过去之后才明白，而新的孩子们又很少相信上了年纪的人的经验，在这方面，他们宁可做那种无人照管的野孩子。不过，我还是很幸运，因为我的身边有卢文，他是一个最慈祥、最能关心人的人，我甚至敢于说，他也是一位

最有文化的父辈，像他这种人世上是少有的。是的，我永远深信不疑，在那荒山野岭，那些肥皂和小刷子只包含着一点点少得可怜的文化，而文化的本质是在于能不能促成人与人之间的理解和联系。我渐渐地明白了，卢文一生最主要的事是行医——从医学的角度来看究竟是怎么回事，这不是我所能判断的。不过我亲眼看到，所有到他那儿求医的人离开他时，都是笑容满面的，有许多人后来也还到他这儿来，但那只是为了向他道谢。从原始森林的各个角落里前来找他的，有蛮子，中国猎人，捕兽人，采参人，红胡子，各种土著，鞑子，果尔特人，奥罗奇人，带着女人和满身结痂的孩子的基立亚克人，流浪汉，苦役犯，移民。在原始森林里卢文结识了很多人，看得出来，在原始森林里他认为在人参和鹿茸之后，金钱也是很有用的药。他也从来不缺乏这种药：他只要通知一下随便哪一位自己人，这种药便送来了。有一年夏天祖苏河发了大水，把地里的庄稼全冲走了，新来的住户们变得一无所有，无以为生了。那时卢文通知了他的朋友们，于是俄罗斯人得到了中国人的帮助，从而没有饿死。这件事使我终于懂得了，文化并不在于西服衬衣的袖口和袖口的扣子上，而在于所有的人们之间的亲密关系上，这种关系甚至把金钱变成了"良药"。这个道理我不是从书本上，而是从实践中学来的，我一辈子也不会忘记这个道理。我最初听卢文说金钱也是良药的时候，还觉得有点儿好笑，但是我们在荒山野岭里的生活条件本身，使我懂得了金钱也的确是"良药"。除了人参、鹿茸、金钱以外，卢文的药还有斑羚血、麝香、马鹿尾、鸱鸺脑、地上和树上各种各样的蘑菇、不同的草和根，其中许多东西跟我们俄罗斯的完全相同，如母菊、薄荷、缬草。有一次我看着这位老人的脸，他正在专心致志地辨别一种草，我壮着胆子问他：

"卢文，你的什么的都懂。请告诉我，我的有病还是没病？"

"不管什么的人，"卢文回答说，"又是没有病，又是有病。"

"我该吃什么药呢？"我问他，"吃鹿茸？"

他笑了老半天：他给别人吃鹿茸，那可是让别人在元气损伤时恢复性欲啊。

"那么，"我又问，"也许人参对我有用？"

卢文不再笑了，打量了我好长时间，这一次他什么也没有说，可是到了第二天，他这样猜测我的意思，说道：

"你的人参长呀长呀，我的很快拿给你看。"

卢文从来不说空话，于是我开始盼望，有一天我能亲眼看到真正长在原始森林里的人参，而不只是它的粉末。有一天深夜，莱巴边叫边跑到峡谷底下去。卢文也随着走出窝棚，我也带着枪跟了出去。

卢文和莱巴一起摸着黑回来了，他说：

"不用枪，是我们自己人。"

一会儿就来了六个全副武装的中国人，都是长着鹰钩鼻子的顶帅的满族人，他们带着枪和大刀。

"是我们自己人！"卢文又对我重复了一遍，接着一边指指我，一边用中国话对他们说了一句，大概也是："是我们自

己人。"

满族人亲切地向我点点头，他们都是些高个子，一个个弯着身子走进我们小小的窝棚里。他们围成一圈坐下来，把什么东西往地上放下来，忙活了一阵子以后，所有的人突然仔细地瞧起什么东西来。

"卢文，"我悄悄地对他说，"我也可以瞧瞧吗？"

卢文又用中国话说了一句"是我们自己人"，那些满族人全都非常尊敬地向我转过身来，让出一个地方，请我也坐下来，像他们一样来看一样什么东西。

这时候，我才第一次见到了人参这生命之根。人参是那么贵重和稀有，要六个全副武装的棒小伙子来护送。黑油油的地上摆着一个用雪松树皮做的小箱子，里边放着一枝黄颜色的不大的根，那模样很像我们的那种香菜根。中国人让我挤进了圈子里，之后，所有的中国人重新不声不响地仔细看那枝人参。我也在仔细地看着，我惊奇地发现，这一枝植物根的形状很像人：那身子下面分明长着腿，上面有手和脖子，脖子上有脑袋，脑袋上甚至有辫子，手、脚上的根须就像细长的指头。但是紧紧吸引着我的注意力的，倒不是这个根的形状那么像人的形体——植物的根交错盘结起来，什么奇特的形状都会有的！紧紧吸引我细看这根的，是这七个全神贯注地细看这生命之根的人在我心中悄悄地产生的影响。这七个活着的人，是几千年来入土的千百万人中的遗留者，那千百万人也像这最后七个活着的人一样，都是相信生命之根的，许多人说不定也曾如此虔敬地看过它，许多人说不定还喝过它熬的汤。我经不住他们那

种虔诚信念的感召，正如我曾经站立在海边，整个身心听任行星的某种周期性的大运转摆布似的，这时这些人的生活片断对我来说似乎变成了滚滚浪涛，它们像涌向海岸似地全都向我这个活着的人涌来，而且似乎在请求我不要凭我本人的情况去理解这根的药力，因为我本人不久也可能被海浪冲走，而要根据行星运转的、也许比行星运转更大的时间周期去理解。后来，我从学术著作中了解到，人参是五加科残留下来的一个品种，大地第三世纪时期它周围的那些动植物群，到现在都变得无法辨认了。不过这些知识，像常有的情形一样，并没有使我那由卢文他们的虔诚态度所引起的激动心情平息下来。现在我即使有了这一番知识，那小小的植物的命运依然使我激动。这小小的植物，它的生存环境从晒得灼热的沙土变为皑皑的白雪，直至有了针叶树的荫庇，又有狗熊在其间出没……几万年来经历了多大的变化啊！

满族人细细看了好长好长时间，突然，一下子七嘴八舌争论起来。据我理解，他们可能是就这枝根在构造上的各种细枝末节提出不同的看法。也许争论的是：某一枝根须是否较适合于雄根，可以使它生色，而不适合于雌根，是不是干脆小心地把它去掉为好。诸如此类。问题多得不得了，一个接一个地突然被提出来，已经成熟的见解又被推翻，又发生了激烈的争论。但是不管有多少冲突意见，最后卢文都可以笑吟吟地加以解决，大家都会同意他说的话。现在，卢文一点儿不急躁，而是安安稳稳地，像任何精通自己那一门学问的权威一样主宰着一切。大家都绝对听从卢文的判断。等大家激越的情绪完全平

息下去，开始心平气和地讨论问题的时候，我找了个机会问卢文，他们这会儿都在谈论什么。

"好多好多药。"卢文回答说。

那意思是说，他们现在谈的是钱，这样极稀有的宝物能够值多少钱的问题。卢文对我说，有个可怜的采参人找到了这枝根，结果被打死了，宝物落到了"篇子"，也就是骗子的手里，一个"尚人"，也就是商人，直接从中国来到那个地方，给了好多药，也就是给了好多钱，雇了这些人来运这根。但是，尚人给的钱当然还是很少的，这枝根值多少钱，是没有底的；他倒手卖出去，每个尚人都会抢着买这根，一个比一个多给一点钱，要价会越来越高，因为每个尚人都是篇子。

"结果怎么样呢?"我问。

"没个完，"卢文回答说，"这样的根就一直走吧走吧。这样的根值好多好多药。小的人物，找到了它，就睡了睡了，大的人物呢，就走吧走吧。"

这些满族人把这贵重的"走吧走吧"的根托付给卢文保管以后，在冰凉的石头上躺了下去，大概在天亮以前就走了。

六

一种奇怪的"呜呜"声把我惊醒了，这很像电线杆在不好的天气里发出的那种声音。可是，在这沿海的原始森林里，怎么会有电线杆呢? 我睁开眼睛看见了卢文，他也在细细地听着

什么。

"去吧，去吧!"他说，"你的人参长呀长呀，我的就给你看。"

他像其他中国采参人一样，穿着一身蓝衣服，前面挂一条油布做的围裙，以防露水打湿衣服，后面挂一张獾子皮，在潮湿的日子里可以坐下来歇一歇，头上戴着一顶桦树皮做的尖顶小帽，手里拿着一根索拨棍，用来拨拉脚下的落叶和草，腰上插了一把刀、一根挖人参用的鹿骨签子，还拴着一个装着燧石和火镰的小口袋。看到蓝布做的衣裤，使我想起了一些可怕的人，他们用枪打蓝衣蓝裤的中国采参人，管这叫做打野鸡，还用枪打白衣白裤的朝鲜人，管这叫做打白天鹅。

"那是什么，卢文?"我指着那像不好天气里电线杆发出呜呜声的方向，问道。

"打仗!"卢文毫不犹豫地回答说。

我们用燧石打出火来。往山上爬了爬，在那儿的一堆废物中发现了打仗的原因：有一只好大的天鹅被绊在那儿，频频地扑打着翅膀，发出像电线杆似的呜呜声。我把这个现象指给卢文看，但他毫不理会这个原因，仍然说：

"出现这种呜呜声，就要打仗了，要打仗了。"

迷信是遥远时代的产物，也许是一度很活跃的信仰所残留下来的、凝固了的东西。在我看来，迷信虽然会贬低一个人的形象，但它并不比小市民文明这种对种种事物的根深蒂固的陋习对一些人的形象的贬低来得更甚。一个人对于某种发蜡或写字纸的规格有着迷信和根深蒂固的习惯，还可能是个有生气、

125

有文化的人。可是这一次，卢文的迷信却使我很伤心。我心里想："是不是要打仗，报纸上的报导，还有我们这偏僻地方新来的住户带来的消息，难道不比我们根据自然界某些征兆所做的猜测，要可靠几千倍吗？天鹅翅膀的扑打声和夜间篝火所发出的噗噗声这种生活中的声音本身，对于大地的无限生命力，难道不比迷信的想象做了更多的透露吗？"我一边深深地琢磨着这一次我为什么特别憎恶迷信，一边却领悟到，在千百万人中流传了数千年的关于人参的神话，已经使我深深地着迷了，我真害怕再去用自己的亲身经历去检验这个神话，尽管我检验任何别的神话都是不感到害怕的。

这种害怕心理，现在由于稍稍涉及迷信问题，而变成一种愤激的心理了。

外面还是黑漆漆的一片，我们就走出了窝棚，顺着峡谷向

海边走去。不过就是天亮了，但因为这儿的夏天几乎天天都有浓雾，我们也还会是什么也看不清楚的。唯一的一点儿光亮，是眼皮子底下那些飞来飞去的萤火虫点起的小灯盏。这时候，遗传带来的迷信不知不觉冒了出来：我眼睛看着那些萤火虫，心里却想起疆场上牺牲的无数的人。我想到，他们是在痛苦中死去的，他们死后不知到什么地方去了。"这些流萤是否就是他们呢？"我像一个野人似的问自己。我一边想着他们中间的某些人，一边琢磨我留在自己心中的痛苦，由于同情他们而招致的痛苦。结果是，他们走了，化成了流萤，而我却和他们的痛苦一起留了下来，我现在的所作所为，也许是在战争中失去朋友所留下的痛苦不知不觉产生的一种影响的结果。不过，卢文心地十分善良，他在看到流萤时，仿佛不是偶有所感，而是一下子就心领神会了，他是理解这全部痛苦的。因此，他把自己对于美好生活的信念同人参的生命力联系在一起，把帮助病人作为自己的义务。

于是，我一边看着流萤，一边按照自己的方式尽力把生命之根的神话同迷信区别开来，明确了二者是根本不同的东西，只有迷信才是从遥远的过去残留在我们身上的、已经僵死的、在今天的生活中往往有害的东西。流萤不知怎么忽然不见了，但是我觉得，它们飞走以后留下了光亮，凭着这光亮，下面种种东西一一向我们显露了出来，这同晴朗日子黎明时刻的情况恰恰相反，那时先是见到天空，过了好久才能见到天光所照亮的地面上的东西。我们正在紧挨海边的山上，晓雾中的峭壁就像一个个黑糊糊的身影。我定睛细看，分明看到一只梅花鹿变成了一个女人，我回头看卢文，他也似乎在想自己的什么隐秘事。我们两人不须彼此袒露心迹，一块儿心照不宣地、互不打搅地、默默地向前走去。黎明时分微微有些寒冷，我打了个寒颤，我的身体和外界万物在共同感受着这拂晓的寒冷，我似乎觉得这时整个大自然脱去了衣衫，正在洗脸呢。我觉得，卢文也好像要说出这个感觉：他忽然叫我停下来，用手掌比划着，像是洗脸的样子，然后摊开两手，意思是说："到处是，到处是！"接着说道：

"好，好，真好！"

不一会儿我才弄清楚，他原来说的是天气的情况，在太平洋沿海地区常常是：眼见的浓雾密布，可是突然间却倏忽不见了，空气里即使充满了水汽，也往往会顿时清澈如镜。在高高的海岸上，在小径上，在浓密的灌木丛中，我们迎接着日出，那灌木丛中有时飞出美丽的、脖子上有白圈的蒙古野鸡，它们在飞着飞着，有时不知为什么回头看看我们，用它们的语言说：咕——咕——咕……很快我明白了，为什么这些灌木丛长得这么低，这么浓密。那是大海和台风上千年地冲击岩石，终于育出了生命：在岩石缝里长出了种种花草，后来又长出了小柞树。大海就是这样孕育出生命来的。但是在最初的时候，那些花草树木的日子过得真不容易啊！离得比较近的那些小柞树，都不敢稍稍抬起一点头——它们的细小枝干匍匐着成长，从海边爬开去，像一些抿得光光的头发。不过我们离海越远，所见到的小柞树长得就越高一些，尽管高度还是很有限的，不超过一人高。超过一人高的那一部分，就都干枯了，下面的部分却

枝叶繁茂，密密麻麻。这倒是野鸡抚养雏儿的最合适的场所，很便于细心地防备各种猛禽的侵袭。

我们离开海边往原始森林深处走去，不过没有立即完全离开大海：我们时而往下走，时而往上攀登，一会儿见不到太阳，一会儿又看见了太阳。这时仿佛迎来了新的日出：往下眺望，海岸被几处海湾切断，层峦叠嶂，几条小的海峡，旁边石壁峭立，犹如一面面挡住太阳的屏障，因此每次迎来新的日出，我们都见到一批又一批新的景物。可以望见远处海洋的最后一座岩石上面，长着形状怪异的松树，像是日本的雨伞和地中海的笠松。这些松树在一起犹如透光的织品，似乎无论有多少重重叠叠的松树，大海仍然能透过它们显露出来。我们站在最后那座岩石上，隔着笠松，能够用肉眼分辨出大海中的许多海兽的脑袋。

我们完全离开了大海，来到了原始森林的一个深山沟里。这时，在这里的最幽暗的地方还可以看清蚂蚁在如何搬东西越过一条小径。这小径上现在没有长任何植物，它原是马鹿、普通鹿、斑羚和山羊踩出来的，后来被人利用上了。我们沿着小径往前走，后来拐到一个很深的峡谷里，那里有一股无名的泉水，不时在乱石堆里消失不见，只是听到暗处发出的潺潺声，才可以判断出它的流向。在这到处是石头的地方，那依稀可辨的小径来来回回穿过小溪。我们只好舍弃这条不怎么靠得住的小径，另外找路往前走，常常从一个水洼走向另一个水洼，在石头上跳来跳去。卢文不时叫我看树上做的标记，叫我记住：一会儿是黄伯栗树皮上的刀痕，一会儿是一根弯弯曲曲的带刺

的鹊不踏枝，一会儿是塞在杨树树穴里的一小块苔藓。这些标记不是给哪些偶然路过的旅行者、捕兽者、猎人以及在原始森林里谋生的人看的，而是给其他采参人的信号，告诉他们这一路已经找过了，不用再白费劲了。但是这条路是通向我本人的生命之根的，所以卢文把这些标记一一指给我看，让我这个缺乏寻根经验的人，今后没有他的指点也能自己找到该走的路。

"要是台风把树孔里的苔藓吹跑了，或者春水把标记的黄伯栗冲走了，或者陡坡崩塌了，碎石把我们的路全堵上了，那该怎么办呢？"我问道。

"你的头脑要诚心诚意。"卢文回答说。

我理解他是说需要机敏的意思，于是向他指指峡谷的陡坡、树木和草地，意思是说一旦什么都倒塌了，堵塞了，那时任何机敏都无济于事了。

"头脑的完了，完了！"我说。

"用不着头脑，"卢文回答说，"头脑的完了，头脑的是在这儿。"

他指了指心，显然他的意思是说：在寻找生命之根的路上，要诚心诚意，决不要东张西望，不要回头去看刚才践踏了的、踩得乱七八糟的地方。要是做到了诚心诚意，那么任何东西倒塌下来也堵塞不了道路的。

峡谷的坡面渐渐低下来，我们走到一片不大的洼地前，那儿有个小沼泽，沼泽里的水流出来，形成一条小河，往峭壁对峙的深深峡谷流去。峡谷通到宽阔的谷地，到了峡谷的出口处，开始出现苍劲多姿的雪松，一棵棵稀稀落落，树下长了些

极低的灌木丛，因此从树干之间可以看到底下谷地很远的地方。凭着日光反射的光点和影影绰绰闪动的鸟儿翅膀的掠影，可以想见那鸟语花香的谷地里生物非常丰富：那儿有无以胜数的各种各样的小鸟在万绿丛中欢歌；有年龄至少 300 年的杨树，其中有不少长得密不透光，树身伛偻，满是疙瘩，有的甚至有树穴，冬天经常有狗熊待在里面；那儿还有巨大的椴树，高耸入云的兴山榆和黄伯栗。

鸟儿欢歌的谷地里大树参天，可是它们长得稀稀落落，使得树下灌木丛有阳光照射，生活丰富多彩，风景十分秀丽，寻找人参所需要的至诚心理，不禁油然而生。我们继续前行，很快从这歌谷的西北方穿了出去。这时眼前突然出现了古河床的阶地，那阶地慢慢低下去，通到了另一个山谷，那儿长着另一些植物：一棵棵粗壮树干的黑杨，黑杨树干之间长着黑桦、云杉、冷杉、千金榆、小叶槭树，这些树上缠满了北五味子葡萄的藤蔓。穿过这片密林再往前走，出现了一条不知名的小河，那河岸上的植物又变了：长的是一些阔叶的核桃树，其间偶尔有几棵雪松。那稀稀落落的大树下长满了繁密的鼠李、接骨木、稠李、野苹果，在它们的阴影下，长着茂盛的喜阴野草，这儿便是该寻找生命之根——人参的地方了。

我和卢文停下来在这儿休息，半天没有说话。我们长时间沉默的时候，在那一片宁静中，出现了什么情况呢？那多得不可胜数的、闻所未闻、难以想象的大量螽斯、蟋蟀以及其他乐师一直不停地演奏，这倒使你觉得更加宁静了。如果你在内心里找到了一种平衡，进而悠然遐想，你会全然听不见它们的乐声。也许，这无数的乐师正是用它们的音乐，吸引你以自己的方式参加演奏，从而发觉不了它们，因而出现一种真正的、不平常的、充满生机的、创造性的宁静。这儿的什么地方还有一条小溪在奔流，似乎也默默无声的。但是如果你无意间记起一件往事，引得你悠然遐想，而思路又突然中断，想对某个亲近的人说句知心话儿却又做不到，心急火燎，以至于呻吟起来，那么，那条想必是奔流在乱石之间的小溪，便会突然迸发出"说吧，说吧，说吧"的声音。那时候，那千百万的、难以胜数的、听不见的乐师们，也会突然同小溪一道奏出"说吧，说吧，说吧！"的声音。

卢文跟我讲起一种守护人参的鸟儿来。我想，卢文说的是这地方的三种杜鹃中的一种吧。似乎这种不大的黑色的杜鹃正在守护着人参呢，但只有亲眼看见了人参，并且在这一瞬间及时把索拨棍插进人参旁边的泥土里的人，才看得见这种鸟儿。采人参的时候好像常常有这样的情况：采参人刚发现了这宝物，却又不见了，它转瞬间变成了另外一种植物或动物。但是如果你发现了人参，及时插上了索拨棍，它就再也不能从你眼皮底下跑掉了。不过我们现在倒用不着担心，因为那一株人参在 20 年前就已经被发现了，那时它还很小，人家愿意留下它再长 10 年。不幸的是，马鹿从那地方走过时，踩到了人参头上，这人参因而枯萎了。不久前它又重新开始生长，但还要 15 年左右才能长大。

"你现在跑吧——跑吧，"卢文说，"到时候你就明白了。"

我们沉默了一会儿。在这沉默中，我竭力想象着 15 年后

我的情况，脑海中浮现出我们又见面了的情景，整整分别了15年以后，我们好不容易相会了，不无心悸地认出了对方。我们呆呆地站着，惘然相视，彼此什么话也说不出来。

"哦！"那才痛苦啊！但是刚发出"哦"的一声，小溪就突然喊道：

"说吧，说吧，说吧！"

紧接着，歌谷里的所有乐师和所有生物也都演奏起乐曲来了，唱起歌来了，那充满生机的小溪也突然开了腔：

"说吧，说吧，说吧！"

"15年以后，"卢文说，"你还是年轻人，你的太太也年轻。"

在这之后，我们站了起来，顺着一株向着小河斜长着的野苹果树的树干，走到了河的对岸。只见卢文一下子在杂草中跪了下去，虔诚地合起双手，久久地跪着。我也心动神移，不由自主地在他身旁跪了下去，我仿佛觉得，我是跪在一种创造力源泉的前面。我的思绪清楚明了，跟着心的跳动起伏着，我的一颗心又跟着全部宁静的音乐跳动着。但是不一会儿，我所期待的时刻自然而然来到了：卢文拨开杂草，我就看见了——一株不高的细枝上，长着几片叶子，像是伸着五个指头的人掌。对于这种娇嫩的植物来说，可以造成危险的不仅是长着粗蹄子的马鹿，而且甚至还有蚂蚁，假使蚂蚁有什么需要的话，也可以在短时间内使这个生命再停止许多年。15年间，有多少意外的事情威胁着这株植物和我的生命啊！

我和卢文告别时，卢文把雪松树干上砍的刀痕指给我看。

从这棵雪松到人参约有半米远，从另一边的黄伯栗树算来也有半米，第三边有一棵砍了记号的柞树，第四边是一棵洋槐。

七

有一次，我到原始森林里去，打算碰碰运气，看能不能打到鹿取到鹿茸。也就是说，要趁公梅花鹿的角——鹿茸——充满血，长得足够长了，但没有骨化的时候，把它打中并取下鹿茸角。这是一项收获非常大的打猎活动，有的鹿茸角值一千多日元。在猎人们开始猎取鹿茸的季节，母鹿已经领着小鹿在山坡上玩了，但这时公鹿很少露面，它们老是呆在北坡，藏在灌木丛中，经常很长时间一动不动地站着。也许是因为怕它的鹿茸碰到什么东西上，因为鹿茸角对于任何碰触都十分敏感。我这次去的那座雾山，几乎全是光秃秃的，只有它的峰顶是黑森森的，迷雾缭绕。这座山三面环海，很像是一座熄灭了的火山，而且那火山口像才熄灭不很久的，因为我在海湾的岸上不止一次地发现有浮岩。不用说，这座山曾受到海水的强烈冲击，山脚周围留下了一道道深深的沟谷。这些沟谷里肯定隐藏着什么野兽，还会有特殊的残余植物，这些东西对猎人来说很有价值。所有的沟谷汇集在山的一头，几乎汇集在同一个地方，因此这儿就成了整座山的那些隐藏着丰富野兽和植物的沟谷的枢纽。这时我正沿着海岸向西南方向走去，雾山的三条最美丽的沟谷——蓝沟、禁沟和雪豹沟——正是通向那个方向。

在每一条沟谷的底下，都有奔流的小溪，那一条条沟谷都是小
溪冲刷出来的。靠近小溪的沟坡，只有南来的海风可以吹得
到，其他风都吹不到这地方，这里保留着一些古代的残余植
物；而在沟谷上面的边缘上，长着一些苍劲多姿的松树，它们
兴致勃勃地跟台风嬉戏着。我从海岸上顺着蓝沟的左侧爬到雾
山的顶上，之后在山岭上像老虎和雪豹一样悄悄地走着，鸟瞰
四周的一切。我见蓝沟和禁沟里都有鹿，但都是带着小鹿的母
鹿，三三两两地在一起；有时见其中有一岁的小公鹿，长着细
细的犄角。突然，从我后来叫做雪豹沟的沟底，传来了叫唤、
呻吟和打响鼻的声音。我沿着山岭踏着乱石急速向那边跑去，

尽力不踢着石头,免得石头滚到下面去。我一口气跑到灌木丛中,把身子隐蔽起来进行侦察。我很快发现前面沟谷的对面,在一丛灌木的后面,有一只长着黄颜色毛的野兽。它也发觉了我,于是不乐意地、懒洋洋地一溜小跑往上面跑去,在矮矮的柞树丛中时隐时现。我期待着它整个儿暴露在乱石滩上。没想到它到了那儿以后,凭了猫属猛兽的本事,它俯伏了下去,在石头之间只露出两只眼睛。在这样远的距离里,要瞄准和命中这目标是不可能的。我于是赶到沟谷的对面,看一看那黄毛兽到底遇上了什么猎物。为了不至于迷失方向,我认定一棵特殊形状的伞形松作为路标。在这棵松树的树底下,有一块几乎悬空的巨石,它给人的感觉是,你只要碰它一下,它便会飞滚下去,把一路上遇到的东西全都给撞倒。我心想,一场血腥的惩治必定发生在这块巨石后面。我伸出两手,抓住一株株幼小的伞形松,往那儿攀登。果然不出所料:我在巨石后面看到了一只带茸的梅花鹿,那鹿茸十分精美,而且幸好一点儿没有碰触过。我不只一次听卢文说过,一副鹿茸角的价值主要不在于分量,而在于形状,其中最要紧的是左右两边要完全对称。看来这不是迷信,也不是时人好挑剔,因为任何一边只要稍有损伤,两边的嫩角长起来就会不一样。而且,既然鹿茸的药力取决于鹿的健康状况,那么一头鹿是否健康以及健康到什么程度,就多多少少可以根据鹿茸角的形状来判断。

我从伞形松上折下尽量多的树枝,给鹿挡住从树梢间射过去的阳光,接着就去跟踪寻找那只豹子。豹子藏身的那块石头像是一只巨鹰。我在山岭上绕了老大一个圈子,认出了我所看

准的那块石头，接着便小心翼翼地往前潜去，准备随时瞄准那野兽。但是那只豹子已经不在那块石头底下了。于是我在山岭上的、以前也许是火山口的高耸的地方走了一圈，可是哪儿都没有找到那头豹子。我在一块非常平整的、就像是打磨过的油页岩似的石板旁边坐下来休息。我对着阳光看那块石板，在石板所蒙的灰土上依稀看出有那美丽野兽的软爪子印。我眯起左眼，用右眼在石板上往各个方向细细地观察了多次，断定豹子毫无疑问是从这块石板上走过去的。不用说，我知道虎豹是常常在山岭上行走的，现在只是发现了石板上有它的踪迹，这对我还没有多大用处：还不能断定它到了哪儿，藏在什么石头之间，没有那种足以让我找到它的踪迹。于是，我把目光转到雾山脚下那美丽的岬角上，仔细观察那儿的嶙峋乱石和苍劲多姿、迎风摇曳的松树，那些松树同南面沟谷边上的松树是一样的。从山岭上我清楚地看到，那覆盖着鹿喜欢吃的、低低的青草的狭长岬角上，有一只鹿正在吃草，它身边的灌木丛阴影下还躺着一个黄色的圆圆的东西，可以断定那是一只小鹿。突然，波浪拍岸，扬起喷泉似的浪花，而在那浪花恨不得要飞溅到高不可达的深绿色伞形松上去的那个地方，飞起了一只鹰，高高地盘旋在岬角的上空，从那儿窥视着小鹿，接着突然扑了下来。母鹿听到鹰扑下来的声音，急速奋起迎战。它用后脚立起来护着小鹿，用前脚使劲踢那只鹰。鹰冷不防遇到抵抗，恼羞成怒，狠命攻击，不料被尖尖的小蹄子击中。被打败的鹰飞到空中，好不容易才恢复常态，飞回到一棵伞形松树上，那儿显然有它的窝。将近中午时分，天气热了起来。在这种时刻，鹿

都要从没有遮拦的场所转移到它们经常呆的处所，藏身在峡谷里浓密的树木中，一直到晚上。你看，岬角上那唯一的一只母鹿，把它的小鹿唤了起来，带着它从鹰窝角径直向我们窝棚所在的那个峡谷走去。我几乎毫不怀疑它就是那只梅花鹿，一时间心中百感交集，思绪翻滚，犹如下面大海里滔滔白浪中光与影的交替滚动一样！但是我的滚滚思绪突然被一个想法打断了，这个想法决定了我以后在这个地方的全部活动。我想："鹰窝角除了百来米宽的狭窄地带以外，鹿没有别的出路，要是在那狭窄地带围上栅栏，鹿的唯一出路是从陡壁上跳到海里，然后再游回岸上。但是这也不是出路：水中有黑乎乎的、时隐时现的尖利石头，任何动物掉到这些暗礁上，都免不了粉身碎骨。这个想法在我脑海中一产生，便不知不觉地暗暗滋长扩大，充满了我的整个身心。休息了一会儿以后，我决定把山岭上的整个高耸的地方再小心巡视一遍，注意每一样棕黄色的东西：也许这时候那野兽有什么动静了……我看见这儿那儿都有母鹿，它们带着幼儿从这场地转移到自己的峡谷里去，要不就干脆在这场地附近的柞树丛里找一处临时安身的地方。梅花鹿身上有像太阳光点般的斑点，起着掩护它们的作用。我曾不止一次地见到过，它们一旦走进树阴里，哪怕是枝叶稀疏的树阴里，也不会被人们发现。它们经常在树阴下消磨时间，一会儿嚼嚼葡萄叶子，一会儿用后脚的蹄子去蹭那使它们不得安宁的壁虱。我哪儿也找不到那只豹子，最后又来到那块石板跟前，坐了下去。我闲着没事干，仔细琢磨起那豹子的爪印来，突然发现原先的爪印旁边又有另外的爪印，而且比原先的爪印

138

更加清晰。不仅如此，我迎着阳光细看，在那另外的爪印上还发现了两根细针似的毛，我拿起一根来观察，认出是豹子爪子上掉下的。在我刚才寻找豹子的时候，太阳照到石板上的角度自然和现在不一样，可以设想，这另一个爪印我当时可能没有看见，但是这爪毛当时是不可能看不见的——这就是说，爪毛是在第二次寻找豹子的过程中出现的，也就是说，这豹子一直在我后面偷偷地跟着我。听人说豹子和老虎在寻找它们的人的背后，是它们一贯的做法，这种传说正好与上面的情况相吻合。

现在不必浪费时间了。为了不让鹰发现我隐蔽起来的那只鹿，我赶紧去找卢文，来到他的窝棚里，正巧碰上了他。我告诉他我找到了一只长鹿茸的鹿，他非常高兴。我们抄近路，从陡峭的沟谷爬上去。我和卢文来到山岭上，悄悄地观察每一块石头，把山岭上的高耸地方全走了一遍。到了正对着那块石板的地方，我为了隐蔽自己的脚印，撑着一根长棍子往下跳了一下，接着再一跳，跳到灌木丛里，藏在了背风的地方。卢文继续在山岭上走着，我把肘子支在岩石上，端起了枪，开始等待。过了不一会儿，我前方的蓝天下，现出了一只正在行走的野兽的黑乎乎的侧影，它正是那只巨猫似的豹子。它哪里知道，我正在岩石后面，端起步枪瞄准着它呢。当然，卢文这时要是回头的话，也未必会发现有什么情况。那豹子走到了石板前，站到石板上面，耸起身子，想从这巨石上看一看卢文，这时候我已做好了准备。看样子，这豹子只看见一个人，而不是两个人，因此慌了神，仿佛在向四周问道："还有一个人到哪

家园的故事丛书

儿去了?"它往四周全问遍以后,疑心重重地望了望我所在的灌木丛。我把枪口对准它的鼻梁,屏住呼吸,放了一枪。它躺倒在石板上了,头在两爪之间垂了下来,尾巴动了几下就不动了,那光景就像是隐蔽了起来,以便作决定性的一跳。

我们得到了一张多好的壁毯啊,但卢文感到高兴的倒并不是得到了这贵重的毛皮。在他那神秘的、掺杂着许许多多迷信的医学中,豹子的心、肝脏,甚至胡子都具有某种重要作用。可是他一看到死鹿的鹿茸角时,那些贵重东西都被他忘到九霄云外去了。

"好多好多药!"他一边说,一边把鹿茸角连同额骨一起从颅骨上砍了下来。

我问他为什么不把鹿茸角从角座处割断,而要连着骨头取下来,他回答说:

"我的想得到多3倍的药。"

原来,如果鹿茸角连额骨一起割下来,它的价值要多两三倍。从角座割断的鹿茸角便是普通的鹿茸角了,只能当药用来治病;而带额骨的鹿茸角,还是一副可供观赏的东西,一件可以赠人的礼品,可以保佑家庭幸福,那些最富裕的中国家庭把它保存在玻璃罩里;如果时间久了,这鹿茸角只虚有其表了,那么这看似废物的东西,也会使主人存有到了暮年还能激起强烈的性欲的希望。

"这个鹿茸走吧走吧。"卢文说,"值好多药啊。"

"鹿茸走吧",是说鹿茸就像特别贵重的人参一样,会在许多人手中,在形形色色的尚人(商人)中间转来转去,身价不

断提高，最后一个最有钱的狡猾的篇子（骗子）买了它，拿去
送给一个最有权势的官老爷，悄悄地把它塞到官老爷左手的宽
袖筒里，于是官老爷便会用右手给尚人做一件美事。

"那些官老爷也是篇子吗？"我问道。

"官老爷想走吧走吧。"卢文回答说。

我们背起鹿肉，拿着那张梅花鹿皮，拿着珍贵的鹿茸角、
鹿心、鹿肝、鹿胡子，拿着豹毯，从雾山上往下走去。走到鹰
窝对面时，我无意中向那儿一瞥，看见了……这些时刻我一直
不为人察觉地、紧张地思考着一件事，这时在难得看见的景象
的启发下，我的想法变得清晰起来了，我信心十足了，几乎心
花怒放了。

我看见了什么呢？看见了卢文在这儿度过的 30 年中多次
见到的情景，那就是：梅花鹿走过狭窄地带，进入鹰窝所在的
场所了。

我指着那只母鹿叫卢文看，把一个可以经常得到许多药的
简单计划告诉他，他欣喜若狂地说：

"好，好，大尉！"

我好长时间一直在思考，他为什么这样称呼我。我至今也
没有彻底解开这个谜：为什么恰恰是从我把一个小小的发现告
诉他的那个时候起，他便经常用大尉来称呼我？

八

卢文不知用什么方法捉来一只美丽的野鸡，拿来给我看。

"把它吃了吧。"我说，我知道蒙古野鸡肉的味道非常鲜美。

卢文回答说：

"你爱吃，吃吧，我不会杀鸡，大尉。"

我剁下了野鸡的头。他说：

"好，大尉！"

他说着就动手拔野鸡毛。后来我们在鸡汤里加上米饭，两个人就一块儿吃喝，享受起这美味来。

不用说，剁野鸡头——这是一件很小的事，但是在思考我到底为什么在卢文眼里突然成了大尉时，我还是不能不把这件小事也考虑在内：大尉的特点原来不仅是能有所发现，而且还能砍脑袋。

看来，卢文刚到原始森林里来的时候，并没有成为像寻找

人参时这样一个深沉、安静的人。以前他和一些捕兽的中国人一起猎捕各种鹿和山羊，使用中国一种可怕的骗兽术：伐倒树木，把树木盘根错节地堆在一起，只在其间某处留出缺口给动物自由奔跑，而在缺口下面挖有陷阱，用树枝遮蔽起来，动物通过缺口时便会掉进去，并且往往要折断腿。卢文还常常带着他的小猎犬在结冰的雪地上追鹿，那猎犬凶得很，追上鹿便咬住鹿的肋部和鹿一起跑，直到那鹿的腿在雪地的冰凌上碰伤，跑不动了，停下来为止。中国人还用这种跑得轻快敏捷的猎犬，想方设法把鹿从结冰的雪地上赶到海里，再划船捉住它们，在水里用绳子捆起来。他们把捉来的鹿养在家里，直到长出珍贵的鹿茸角，把鹿茸角割了下来，然后杀了鹿吃肉。而卢文和其他中国捕兽人一起，这样残酷地对待这种稀有的、濒临绝种的野兽，只是为了给富人提供"走吧"的鹿茸，他这样做的时代在今天是难以想象的了。卢文在原始森林里，开头过的是捕兽的生活，当然，那时他已经能较好地分析野兽的足迹，根据足迹猜出野兽要到哪儿去，去干什么，也许连他本人都能像野兽一样地思考了。但是我对原始森林里循着野兽踪迹猎捕野兽的人的这种经验，并不像某些说起它来的人那样怀着又景仰又惊讶的感情。我毕竟是个化学家，比原始森林里所有这些循迹捕兽人加在一起的力量还要大上 1000 倍。如果说，我能对任何物质的性质做出化学分析，能查明它的成分，精确度可以达到小数点以下的第四位数，那么，蒙昧的循迹捕兽人的这种本领，对我来说又算得了什么呢！何况，我可以把探索的精神用到任何领域去，像在化学方面已经运用过的那样，并且在短

时期内超过任何一个终生只在一件事情上积累了个人经验的循迹捕兽人。不，卢文之所以使我惊讶，并不是他身上的这种探索精神，而是他对自然界任何生物所抱的那种热切关注的态度。他之所以使我惊讶，并不是他能分析原始森林里的生活，而是他能让世界上的一切东西复活。看来，他的生活中发生过某种深刻的转变，因此他抛弃了残酷的营生，不再从事毁灭生命的野蛮捕兽业，而是转到了寻找生命之根的事业上。一个人的某些感受，是决不该拿来说三道四的，也不应该去问这问那，它们本身很少能说明什么。一个人以他的行动说出他内心的深刻感受，而另一个人作为他的朋友，看到他做的事，便可以知道他的心理状态。我知道，卢文负担着哥哥的一大家子人的生活费用。我常常揣度，那一定是在一次分家时，卢文受了满肚子的委屈，成了亲哥哥的死敌，于是跑到这原始森林里来了。也许，最初10年的捕兽生涯，他只是用来向认为他没有出息的父亲证明，他能比哥哥更好地以自己的劳动获得生活资料。终于有一天，他手里拿着给父亲的证明，心里藏着对哥哥的蔑视，回到了中国，可是，又能去向谁证明呢，又能去蔑视谁呢！在中国发生的一次可怕的瘟疫（这在中国是常发生的）中，父亲和哥哥都死了，活下来的惟有哥哥的妻子和一群小孩子。很可能从这以后，卢文就变了。以前他挣扎来挣扎去，为的是取得证明，可突然间没有可以对之证明的人了。诸如此类的故事，后来我从中国人那儿听说过不少。假如说，让卢文本人亲口对我说他自己的这种遭遇的话，那么，倒不如让他那从前亲手在窝棚旁边种的那两棵参天杨树来诉说，它们会给我更多的说明。卢文见到那两棵杨树时总是喜形于色，他是那么高兴地欢迎那些喜欢栖身在绿阴中的种种小生命，并总是喃喃地向它们说些什么中国话。他所喜爱的老鸦不是像我们这儿的那种灰色的，而是黑色的。你乍一看会以为："啊，那是白嘴鸦！"你再仔细一看，就明白了，白嘴鸦的嘴是白的，而它们的嘴是黑的。"那么，这是乌鸦了！"突然，从那只乌鸦的嘴里，发出我们平常那种灰老鸦的叫。这乌鸦非常聪明，当卢文到原始森林里去的时候，它常常从一棵树上飞到另一棵树上，长久地给卢文送行。树上还有蓝色的喜鹊、反舌鸟、翠鸟、鸫鸟、黄鹏、杜鹃。鹌鹑也常跑来，在灌木丛中叫着，那叫声不像我们这儿的是"喝——片——肉"，而仿佛是："老——乡——啊！"所有鸟儿的模样跟我们那儿的全都一样，你一眼就能认出来，只有某个小地方又像又不像。椋鸟也是黑的，嘴也是黄的，羽毛上也泛着五颜六色的光泽，当它准备唱歌的时候，全身的毛竖立起来，你激动地等待着，以为它马上会像我们这儿的鸟在春天里唱歌那样鸣叫起来——可是不然：它发出嘶哑的声音，再没有什么好听的了。杜鹃叫的声音也不是"咕——咕"，而是"布——谷"。卢文每天早晨总要跟它们说说话，喂点东西给它们吃，我很喜欢他的这种友谊，这种热切关注一切生物的精神。我特别喜欢的是，卢文做这种事并没有什么动机，或者硬是要它们过什么好日子，他根本没有想过要做个什么榜样给别人看，这一切都出自一种本能，是来得十分自然的。他捉了一只野鸡，当然得吃掉，可是得"杀了"吃，那怎么办呢？所以他请求一个较为懂得此道的人，也就是

大尉来办理这件事。可是，当他得知大尉本人恨透了别人灭绝美丽的、越来越少的禽兽，而想加以保护和让其繁殖的时候，他是多么高兴啊！

我们开始按我的计划行事。我们在峡谷里就地砍了许多葡萄藤、柠檬藤和其他藤蔓，放在火上熏，让野兽远远地闻到这种烟味，从中觉察出人们捕杀它们的阴谋，因而感到害怕。我们又做了一些小雪橇，把所有这些藤蔓堆在上面，由一个人运送到各地去。早在黎明前，我就来到了雾山，等梅花鹿把它的小鹿带到鹰窝角以后，就生起火来报信，接着我下山去，还没有走到半山腰，卢文已在狭窄地带堵住了通道。看样子，这一下母鹿可就要完蛋了：它径直向人走来也不是，朝海里尖利的礁石跳下也不是。它被堵住了，鹰窝角这就成了世界上最美丽的、怪石嶙峋的小小动物园了。我们拿熏过的藤蔓把狭窄地带拦起来，这样一直干到深夜。第二天早上，我们藏在岩石后面，等到一只只鹿从各个场地转移到各自峡谷中的树阴里去的时候，我们看见梅花鹿不紧不慢地顺着岩石上的鹿道向出口走来。昨天我们曾顺着那条小道到岬角去，砍了一棵伞形松做成小标杆。这时母鹿走到我们留下脚印的地方，停了下来，张大鼻子，嗅到了地面上什么味道，俯下身去。然后它把头高高地抬起来，在空中闻到了藤蔓的熏味，定睛看了看我们所在的地方，确信那儿有险情，便尖叫一声，回过头来跑了。而在它后面的柞树丛中，那只小鹿目不转睛地看着它尾巴上张开来的像一面镜子似的白毛，不乐意地蹦跳起来跟着它走了。

现在我深信，这只母鹿就是我的那只梅花鹿：它的左耳朵

上有一个透亮的小孔。我们目送它离去，高高兴兴地从埋伏点走出来，立刻像每天那样不停手地做起栅栏来。我是一个受过训练的欧洲人，这个中国人眼中的大尉，善于迅速地分析一切，想出新的办法来，不时有意外的发现；而他是个老采参人，既熟悉原始森林和野兽，又能深刻理解这些野兽。以他那热切关注的态度，把原始森林里的一切都同野兽联系起来——我们这样的两个人，现在自愿地联合起来了，从真正的人类文化的意义上来说，我认为他是长者，我对他抱着敬重的态度。他大概看出我是个豁达的欧洲人，感到又惊又喜，对我充满温暖的友情，就像许多中国人对待欧洲人那样，只要相信这些欧洲人不想强迫他们做这做那，不想欺骗他们，他们就会抱着这种态度。那时我当然没有去想，我们着手做的这件事会把我们引到哪里去，没有想到这件事同航空术和无线电一样是一项最新的事业。人类驯养动物，那只是在人类文明的初期所做的事，驯养成功几种动物以后，不知为什么就放弃了这项事业，墨守成规地和家畜一家生活，再去捕杀野生动物。我们依靠这期间积累的丰富知识，又回到这件放弃了的事业上来了。当然我们是另一种人，这项在人类文明初期由野人所开创的事业，如今应当按另一种方式来进行了。

九

我们这边开始有西伯利亚的寒气吹来，南部沿海的亚热带

地区开始披上西伯利亚的装束。山里那些发光的昆虫早就消失得无影无踪了。野鸡已经长得壮壮实实，从严实的隐蔽处所走了出来，呆在被台风梳理过的柞树丛和其他各种灌木丛里。在清晨寒气的吹拂下，葡萄叶子开始发红，白蜡树开始染上一层金色。而最大的变化是，经常到处弥漫的浓雾消散了，这儿现在是秋阳朗照，简直像我们那里春天的阳光——这儿秋天的太阳真是亮丽啊！简直无异于意大利的阳光。在这样的阳光下，西伯利亚的秋天会骤然间呈现出五彩缤纷的景象；这儿的秋色，比我们平常气候下春天的花朵，还要娇艳得多。

　　在9月的一个初寒的清晨，原始森林里一只马鹿叫了起来。在一个月夜，我和卢文在窝棚里又听到了一声叫声，接着是角碰角的冷峭的声音。还有一次，当一只马鹿在什么地方叫了起来时，在另一个地方有什么跟马鹿一样的声音在回答它。卢文听出了这两只马鹿声音之间的细微区别。据说老虎也会学马鹿叫，人也会用桦树皮做的喇叭引诱发情期的野兽。卢文说，第二个叫声应该是老虎或者人发出来的。我们侧耳细听，猜测究竟是老虎叫还是人叫。不一会儿，第一个声音在向第二个没有动的地方的声音靠拢。声音愈来愈近了，更近了，更近了……接着什么声音都没有了。马鹿默默地走得很近了，只有小干树枝偶尔发出轻微的咔嚓声。老虎在林中空地的边上伏卧下来，准备猛然间纵身跳出去。就在这时有人扳动了枪机。模仿野兽的动作故意咔嚓一声弄断一根小树枝。原始森林里一片死寂，连树木仿佛也在期待着解开这个可怕的谜：那到底是老虎还是人？突然间，寂静中发出了一声清晰的枪声，终究由人给

这件事做了结论。

在动物冬眠之前，秋阳朗朗，一方面是树木繁花满枝，显得五彩斑斓；一方面是受苦受难的野兽在凄叫，莫非这就是鹿所得到的爱！有一回我在灌木丛中发现了两副有交叉角的骨骼。这是两只长着八角形交叉角的很有力的马鹿的骨骼，它们为一只母鹿争斗起来而双双身亡。后来另一只狡猾的野兽却饱了口福——这岂不令人感到遗憾？

清晨的寒气一天比一天凛冽，山上的芦苇在黎明时镶上了冰的花边，等太阳升起以后，才化为滴滴露珠，闪闪发光。过不了多久，严寒就会不那么害怕朝阳了。那时，在阳光下它的结晶体要比露珠明亮得多了。在马鹿发情的时期里，梅花鹿也准备过那种受折磨的日子。在这原始森林里，当夕阳西下的时候，我不止一次看见公鹿耐着性子地、小心翼翼地在树干上蹭它那硬邦邦的骨化了的角，想把上面的茸毛蹭掉。当母马鹿叫唤的时候，公马鹿准备投入战斗；而当严寒刺激了成熟的葡萄，使它变甜的时候，梅花鹿也开始叫唤了。

我们需要为我们的梅花鹿繁殖场捉些公鹿了，我和卢文开始为梅花鹿发情期的到来做准备。我们想让梅花鹿同我们处熟，以便到了发情期便把它放出去，趁公鹿为了它而彼此斗殴的时候，用桦树皮小喇叭吹起熟悉的召唤声把它叫回来，让那些情欲勃发、如醉如痴的公鹿也跟着它向我们跑过来。可倒霉的是，今年鹰窝场地上有着营养丰富的丰盛鹿草，梅花鹿在那儿已经吃得饱饱的了，不管我们怎样从鹿最爱吃的树木上折下来一把把嫩树枝，或是拿来玉米粒和大豆，它都丝毫不予理

睬。它在完全发黄的山芦苇花之间，找到一种在那片黄色场地上我们完全没有发觉的低矮的小草，于是随随便便地在那里消磨它的时间：一会儿低下头去，揪那青色的小草吃，一会儿一动不动地站在树阴中，给小鹿喂奶吃，有时还躺下去，用心地在自己和小鹿身上捕捉那不断骚扰它们的虱子。有一次，我终于非常高兴地发现，它在嗅到我的足迹后，并没有像以前那样跑掉，而是顺着足迹稍稍往前走了几步了，仿佛受好奇心的驱使，想弄明白我是不是躲在附近什么地方；而在看到了我以后，也不像别的鹿一样拔腿就跑，而只是急急转过身，带了它的小鹿缓缓地离开我。又有一次，它嗅到了我的足迹，这时我吹起了喇叭，它见我在吹桦树皮喇叭，便停下来聆听，听了好长时间。它竭力想弄明白我在干什么，可是不用说，它什么也没弄明白，最后跺了一下脚，尖叫一声，慢慢地走了。它大概以为，还是照老办法行事比较妥当。我每天都要给它吹喇叭，这也收到了一点儿效果，不过只是使得它听到喇叭声以后不再揪草吃，而是向我走过来，等到看见了我，便长时间地站在那儿听；我吹喇叭的时候，它就一直站着听，它的小崽没有事可做，便往往吸它的奶。不过第一年夏天，我还是没能使它习惯于听到这喇叭声就走到我的跟前来。

这时天气寒冷起来了，虽然还说不上严寒，但树叶已经发干、变色了。小叶槭树像燃烧起来了似的，满树变成了淡红色，满洲核桃树非同寻常的巨大叶子被染上了黄色。现在，祖苏河的岸边又是一番什么景象呢？那可是我第一次见到梅花鹿用后腿站立起来，采撷被阳光照得绿油油的葡萄叶子的地方。

夏天里，那儿是一个由缠满葡萄藤的一棵棵树木构成的绿色山村，现在一座座小窝棚因为葡萄叶子变了颜色而呈现出红彤彤的了，其中我曾度过一个决定性时刻的那个绿色帐幕，有的地方显得格外红，有的地方显得格外黄。以前以为葡萄藤会把一棵树完全缠死，现在才发现，即使在葡萄绿阴的覆盖下，树木也能找到足够的阳光活下来。那棵满洲核桃树，现在正从葡萄的红叶下面透出金黄色，而在这此红彼黄、红黄相错的叶丛间，到处挂着一串串经霜的、熟透了的、乌黑乌黑的黑龙江葡萄。

　　一天夜里，卢文把我叫醒，请我跟他一起出去。他指着大熊星座的方向叫我看。大熊星座将它的尾巴靠在黑色的山上，仿佛正从黑色的山脊后面拉出尾巴上所缺的最后一颗星。星光灿烂！满天繁星！在这空气干燥的天地间，上下晶莹，寒气逼人，而从大熊星座底下的山上，寂静中传来了一个十分特别的声音：这声音开头时尖细，像平常梅花鹿的叫声一样，后来又像汽笛声似的，接着从很高的尖细声音迅速下降，愈来愈浑厚，一直降到最低音。在峡谷的对面，有一个完全相同的声音在应和；现在更远一点了，是在雾山上了，还可以听见，还在叫哩；还要远一点了，声音显得微弱了，像是我们叫声的回声；还更远一点了，就像是我们的回声的回声了。

　　我们盼望了好久的时刻终于来到。梅花鹿的发情期开始了。

　　叫声一直延续到第二天早晨。天刚刚亮我们便看见，有一只公鹿站在山坡上的林中空地旁边，这鹿脊梁上有一条明显的黑色横纹。它很像我上次在小溪里洗澡时看见的那只黑脊梁，那时它曾同其他的鹿一起走到溪边来。现在从远处看来，这只公鹿显得比我当时见到它时更机警了。它高高地昂着脑袋，悄悄地走来走去，不时地往四周看看，似乎在不安地期待着什么。后来，大概是灌木丛里有了什么动静，只见它拔腿跑了过去，这时一只母鹿从灌木丛里跳了出来，飞奔而去，公鹿紧跟着向山脊那边追了过去。也就在这时，山脊后面朝阳的曙光射了过来，经霜的山芦苇全都闪闪发亮，整整一座山顿时耀眼生辉。我和卢文跑到山顶上，这时母鹿已经躲进正在吃草的鹿群中了，就像一个机灵的姑娘，做游戏时忽然藏身在同伴们中间，叫别人捉不住她了。但是仅仅为了这一只母鹿，现在整个鹿群中所有的鹿都不想离群了。黑脊梁慢慢走着。早在昨天夜里它就在什么地方的泥泞中洗了一次澡，这大概是为了尽量缓解那痛苦难熬的性欲。它的肚子在痉挛地收缩着，它什么东西也不想吃。显然，这强烈的性欲除了使它痛苦以外，并没有给它什么愉快，它现在昏昏沉沉，在不住地痛苦叫唤。它一刻也不能安静。母鹿群中即使有一只母鹿想稍稍离开几步，它也会立即飞奔过去，把它赶回鹿群中。

突然，所有的鹿都朝着一个方向转过头去，小山后面慢慢地露出了一副鹿角。黑脊梁提防起来，不过那鹿角一点也不出众：那是一只中等的、非常普通的公鹿，它顺着那只逃跑的母鹿的足迹向这边走来。黑脊梁不屑于去赶跑它，它只皱了皱鼻子，鼻孔里发出噗噗的声音，那公鹿就像被钉子钉住了似的，呆呆地站在山坡上，一步也不敢挪动。足迹的气味是可以从风中和地面上嗅到的。有几只公鹿嗅着母鹿足迹的气味，从那边山上顺着一条小路走过来，一边向前走，一边似乎在躬身致意。它们走到了最后一座小山后面，有一会儿功夫见不到它们，接着它们的角又突然从山后清楚地显现出来。但是这都是些低等货，只要黑脊梁一打响鼻，它们就会停下来。其中也有几只勇猛的，黑脊梁不得不皱皱鼻子，歪吐着灰色的舌头，跑过去撵它们。有几只被赶跑以后，又悄悄地前来打主意。后来这群母鹿的主子明白了，如果这些家伙只满足于闻闻空气中的香味，一动不动地站在鹿群旁边，那倒是不会给它带来任何损害的，那些幼小的鹿，头上还没有长角，只有小小的尖顶。它们没有事情可做，便模仿成年的鹿发出尖叫声，打响鼻，彼此额头顶额头，一顶就是老半天，竭力想把对方从原来位置上顶开。这样，在鹿的生活中就渐渐地形成了一种长久的纯朴关系——母鹿们和和睦睦地吃着草，把那只还没有完全发情，但快要发情的母鹿藏在自己的群体里；幼鹿像绵羊似的在彼此额头顶额头，那些尖顶交错着，真是有意思；那些当助手的公鹿按照母鹿群的那位强壮主子的意志，规规矩矩地站在半山腰。突然，整个鹿群嗅到了什么不平常的气味。全都向着一个小山转过头去，只见小山后面所有的公鹿都顺着发情的母鹿的足迹走来了。不一会儿，又看见小山顶的后面露出了一副鹿角——一副好棒的鹿角啊！它慢慢地显露出来，看来，这群惴惴不安的鹿在揣度：那鹿角要多大功夫才能全部露出来啊？等到那鹿角底下呈现出一个长着无敌的额头的大脑袋时，整个情况一下子全清楚了：来的是最强壮的一只鹿，是原始森林之王。我也立即看出来了，这只强壮的公鹿就是那灰眼睛，我来到咔嚓峡谷的第一天曾经看到过它，它令我赞赏不已。当时我就觉得它比其他的鹿，甚至比黑脊梁更有威力，但是现在它的脖子鼓得可厉害了，冬天长出的灰毛像胡子一样挂在脖子底下，一对充血的巨大的鹿茸角连同眼睛上面的能致敌死命的鹿角叉子，现在已经成为可怕的武器，灰眼睛也同黑脊梁一样，浑身泥泞，肚皮上全是污垢，粘满了由于强烈淫欲而排泄出来的东西，肚子痉挛地收缩着——这只野兽现在已不顾一切了，一心要保住自己通过新一代延续生命的唯一权利。这时它已到了发狂的地步。灰眼睛看到鹿群，略微停顿了一下，马上明白了目前的全部情况，所有的鹿也都明白了它的来意。在往年的战斗中它已经跟这些公鹿较量过，看来他们的实力也不过如此，也许各自从外表上就能直接显出实力来。处于鹿群和灰眼睛之间的公鹿，全都急速地闪到了一边，黑脊梁和灰眼睛之间很可能有一笔要命的老账要算，它们之间也许还有不成文的协定：黑脊梁不得出现在灰眼睛的眼前，它们要是碰见了，那就没有退路可走，非决一死战不可。鹿角固然是可怕的武器，但是问题不单在鹿角上——有时候没有角的鹿倒把有角的鹿的肋骨打断了。不过灰眼睛的鹿角总是显示着一种潜力。可是黑脊梁的恶狠狠的眼睛里仿佛隐藏着一种阴谋——要给那大力士设了个圈套或骗局："我可是豁出来了，可也没有你好受的！"灰眼睛不想浪费时间，弯下头，径直跑过来，用鹿角猛击黑脊梁的鹿角，用额头猛顶对方额头，黑脊梁摇摆了一下，但又顶住了，站稳了脚跟。只要能站稳脚跟就好了：要是失足跪了下去，对方就会腾出角来，及时把眼睛上面的角叉子插进你的肋部或胸部，那时你就完蛋了。鹿角对鹿角，额头对额头，怎么样顺当就怎么样干，只要能够支持得了，只要不倒下去就好办。这场战斗肯定是持久的，耗费精力的。但是没有想到，黑脊梁在进攻的时候，正好脚下有个树墩子，它把前脚支撑在这树墩上，给了灰眼睛猛然一击，竟使得原始森林之王跪倒下去。可惜黑脊梁没能利用它的有利地位。灰眼睛明白了这致命的危险，转瞬间稳住了身子，拼命地进行反击，打得黑脊梁前腿跪了下去，甚至身子晃动起来，差一点没侧身栽倒。眼看着灰眼睛就要腾出角来，向正要倒下去的黑脊梁的肋部猛然击去，叫它栽倒下去再也起不来。看来肯定会是这样的了。可是突然间，不知为什么灰眼睛同即将完蛋的对手一起倒了下去，双方都在地上挣扎着，干嚎着，仿佛出现的临死前的痉挛。

这件事真叫人难以理解，但是卢文见过这种情景，他首先明白过来，感到非常高兴，便拔腿跑去取绳子——这一切情况说明了，两只鹿的角缠在一起了，在它们挣脱开来或者毁掉自己以前，我们应该把两只鹿捆绑起来。

事情多么顺利啊，一件多么令人惊叹的事啊！

然而如果不碰到好的机会，是不会有这种好事的，这是从来如此的，那还会有不幸的事在后头……我们的事第一步办得很顺利。我们捆绑了两只极出色的鹿，掌握了发情期的鹿王灰眼睛和它的死敌黑脊梁。在陷阱里卢文还捉了 4 只比较年轻的公鹿和两只幼鹿。

✚

人们在夜里享受亲昵、温存和愉快，或者相反，因为彼此责备、嫉妒，为将来什么可怕的事情发愁，或者因生病的孩子不时啼哭，以至于苦不堪言，而到了清晨，却像死人一样呼呼地睡着了——在我看来，黎明前的时刻代表着一种平日的幸福。平日的这种痛苦和欢乐的交替，当然也在我身上发生。不过话说回来，家庭就是建立在这种幸福之上的。可是我这个和

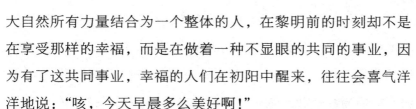

大自然所有力量结合为一个整体的人，在黎明前的时刻却不是在享受那样的幸福，而是在做着一种不显眼的共同的事业，因为有了这共同事业，幸福的人们在初阳中醒来，往往会喜气洋洋地说："咳，今天早晨多么美好啊！"

我一向比卢文早起几十分钟，一起来便把肩膀靠在什么硬东西上，在期望着什么，静静地思考着，而且总是得出这样一个结论：自然界没有像两把椅子一样彼此酷似的日子，一个日子只会出现一次，之后便永远地消逝了。在黎明前的时刻，随着这个新的、从未有过相同特征的日子逐渐明朗起来，我也思索着自己的什么事情。当我内心的全部想法趋于一致，而外部的即将来临的一天正在形成的时候，我便出去干活了。当然，有时候我在早上也感到茫然，什么也弄不明白，思绪茫无边际，只是机械地挥动着手上的斧头，干着像前一天一样的活儿。这儿的春天和夏天到处是茫茫雾霭，入秋以后直到整个冬天，地面上都是一片灰蒙蒙。而这乐园般的地方的上空，那景致却是瑰丽神奇，非同一般的。在这黎明时分，由于有这冬天的蓝天，和意大利一般的太阳的威力，大地本该是一幅霜林尽染、五彩缤纷的画面，可惜西伯利亚的风把一切都毁了。亮丽的阳光统统洒向了大海，整个海面上一片蔚蓝，而那黑糊糊的悬崖峭壁，也以蓝海为背景，在争奇斗艳。那上面长着的一棵棵伞形松，也全是形状各异，没有一棵是相同的，它们始终是与台风搏斗的勇士。后来阳光越发强烈了，一碧万顷的海面上现出一条没有尽头的金灿灿的大道。就是在陆地上，那阳光不论洒到一朵什么花上面，哪怕是小小的一朵花，甚至只是有一点点颜色的发蔫的花，那花也会变为无比鲜艳。而那一顶绿色的葡萄帐，记得我曾在那里遇见过梅花鹿，现在却只剩下一棵黑不溜秋的树干了，枝杈上缠着脱尽叶子的黑不溜秋的葡萄藤，那葡萄帐中曾当做小窗口的地方，现在成了挂着的一个藤环子，在这个环子里，只有一片独一无二的葡萄叶在索索抖动。也许这片叶子并不很红，可是在这样的骄阳下，却显得像鲜血一般鲜红。在这荒凉的黄灿灿的牧场上，点点发红的杜鹃残叶有如小小的碟子，它们是那样地显眼，那样地鲜红，仿佛是一滴滴死鹿的血：那血一流出来，就像红色的小碟子似的留下来了。

整个大地被朝阳照得亮堂堂的，谷地里那片鹿的牧场上一直隐蔽着的各个角落，还有一丛丛的柞树，现在都显露出来了。那些柞树上还留着卷成灰色的小管似的树叶——这是梅花鹿冬天的食物，因为它们不像北方的普通鹿，能刨雪下的草吃。要是椴树和柞树丛被雪埋住了，那怎么办呢？在这冬天里我们拿什么喂自己的鹿呢？想到这个问题，我就感到不安，我再也无心靠在树上站着了。我们拿起了斧头，出发去砍一把把的枝叶……

卢文往原始森林里捎了个口信，于是就有几个中国工人到我们的窝棚里来了。我们早就把鹰窝拦了起来，只有梅花鹿可以自由自在地在这里觅食。我们又在这里修建了一个养鹿场，养鹿场里还有单栏、遛腿的院子、割鹿茸的棚子。白天我们整天干活，到了晚上，我便坐下来计算、记录、设计鹿茸切割机。这里需要许许多多东西。在缺少铁器、钉子、铁丝的情况下，我不得不绞尽脑汁，想办法用别的东西来代替挂钩、合页、螺丝。我常常看中国人打牌，心中暗暗称奇：要是他们有谁得了好牌，赌注归他的话，他不必向同伴们摊牌，不须把好牌亮出来，他干脆把所有的牌连同好牌一起往总的牌堆里一扔，便把赌注收走。谁也不想去检查他，他不会欺骗别人。这太好了。不过，要是真的发生了欺骗行为，那么欺骗者不是给揪住耳朵打一顿，而是干脆给杀死。就这样，由于怕死，便谁也不敢让自己去骗人了。这样做似乎又并不太好……出现了许许多多的、各种各样的解决不了的问题。有时候以为这些问题之所以解决不了，是因为既没有书本可以查询，又没有受过教育的人可以请教。而实际上，像我后来所确认的，如果只靠别人出主意解决，这些问题可以暂时压下去，搁置起来。不过那样一来，问题会始终得不到解决：这些问题只是袖手坐着是解决不了的，而要因时而异地采取行动才能解决。我跟那些中国人的主要不同之处是，我什么都要计算，都要记录，一切都想有个解释。而他们呢，什么都讲信用，都靠记忆。单单凭我什么都要计算，都要记录，要绘制修建养鹿场和做鹿茸切割机的小小图表，就足以使这些人全都管我叫"大尉"了……这是为什么呢？是的，这儿有许多那么尖锐的问题，看来是必须加以解决的，然而我们却无能为力。我真想确切地知道，他们怎么会把这大尉的权力给我呢。这个权力是不是我的祖国阿罗西（俄罗斯）的一部分，因为它在计算上，在记录上，在行动上早已胜过本地居民；或者我之所以在中国人眼里成了大尉，只是因为我这个欧洲人在他们眼里是资本（俄语里"大尉"和"资本"

是一个同音词——译者），可以做一番事业……我头脑里产生了许许多多各种各样的问题，由于这些问题得不到解决，有时我感到孤立无助，感到痛苦，我痛苦得长吁短叹，竟然弄到了不能算，不能记，不能设计鹿茸切割机方案的地步。在这种时候，老卢文总是想来帮助我，他倒不是直接指引我怎么做，而多半是脸露笑容，婉言提醒我，说我的生命之根还是完好的，只不过暂时停止生长罢了。因为有一只鹿的蹄子在它头上踩了一下；再过若干年，它秸子上的花一定还会长出来的。对此我有时候坚信不疑，我久久地遐想，这生命之根似乎变成了一种神奇之物，同我脉管里的血一起跳动了，成为了我的力量，突然间那巨大的痛苦没有了，而涌现出的是巨大的欢乐，以至于我很想办件什么事使卢文和那几个中国人也感到欣喜。我用

"我的和你的"这种骇人的语言，极力向卢文证明，为了给自己保留自己的一切，为了也成为大尉，东方人也必须计算和记录。卢文心地纯朴，他连鸟兽的心情都能理解，何况是理解我呢。

"你的算吧，"他指着一张纸说，"你的明白吗?"

"是的，是的，当然，我的明白。"

"我的，算的不明白，我们的帮助你，这样的好，好! 很多很多药! 你的算吧，我们的帮助你!"

十一

发情期结束了，最后一只受了精的母鹿回到它那雾山峡谷里过冬去了，那些由于奔走呼唤、寻找母鹿、饥肠辘辘、彼此仇视而精疲力竭的公鹿，现在却若无其事地成群结队，到山上稍高地方的松林里医治一身重病去了。这时，我们把关在养鹿场里的俘虏们从单栏里放到院子中去，这些不久前的仇敌和和睦睦地在一只用空心巨木做的长槽里吃食。这儿有身强力壮的鹿王灰眼睛;有孤僻的、眼睛里有黑斑的黑脊梁;有花花公子，一只3岁的、年轻的鹿，它长得英俊，有着一双梅花鹿中极少见的深棕色大眼睛;有米贡，一只身材不大，矮矮壮壮，极为善良的鹿，如果盯着它看，它一定会对你眨巴起眼睛来;还有摇摆鹿和直角鹿，看来它俩是亲兄弟，因为所有鹿身上的斑点全都杂乱无章，惟有这两只鹿红毛上的白斑一行行很有规

律，一定是生它们的母鹿也是这样的皮毛。还有几只年幼的、胖乎乎的小鹿，我们不知为什么干脆管它们全都叫小米沙。给鹿遛腿的地方是一个不太小的院子，一点儿没有个像样的形状，因为我们是拿活树作桩子的。院子里的树我们一棵也没有砍掉，这是为了热天里让公鹿能躲到树阴下去，也为了必要时在树上钉上杆子，把整个院子拦成三角形。每个角落的顶端朝着各个单栏的狭窄过道，因而只要在三角形的底边上把鹿一赶，它们便一定会走到单栏的过道里去。过道的尽头摆着鹿茸切割机：这是一个底部可以活动的箱子，鹿一陷入到箱子里，肚子便要被托板托住，身子悬了起来，腿脚在空中晃动。这样就在任何时候都可以把每一只鹿提来割鹿茸或者过磅。

中国人修建养鹿场和遛腿的院子，做鹿茸切割机，这工作用了好多时间，搞得热热闹闹，可是把驯梅花鹿的事给严重地耽误了。这期间梅花鹿带了自己的小米沙，远远地走到岬角尽头幽深的悬崖峭壁间，躲在松林里去了。我早就把那儿的一个老鹰窝拆掉了，免得那些猛禽惊扰鹿群，因为鹿群一受惊，就会乱纷纷地撞坏任何障碍物而跑掉的。岬角上养鹿场的修建工作一结束，一切又重新安定下来，我把小食槽连同大豆以及几把柞树枝搬到了长着长青松树的峭壁间。那儿没有什么东西可以吃，梅花鹿饥肠辘辘，不用说，第一夜就把全部大豆和枝叶吃光了。我于是把食槽朝养鹿场这边移过来一些，再倒进一些大豆，吹了一会儿桦树皮喇叭。很快梅花鹿出现了，整个儿看得清清楚楚，我吹了好长时间，它一直站在那儿听着。我已经感觉到，它是喜欢听我吹这喇叭的。有一次在我吹喇叭的时

候，它甚至勇敢地走到了食槽跟前，低下头吃里面的东西。从那以后，它就经常来吃食，而不顾我是在吹喇叭还是站着看它。就这样，我渐渐地把它几乎引到养鹿场的旁边来了，我甚至试着把食槽放到鹿院的敞开的门口。可是，无论我怎样吹喇叭，它总是不进院门。

不过，我在它身上花的时间倒并不多。没过多久，所有自由的鹿都知道我们的俘虏们过着舒服的日子，便都不请自来了，它们自己要求让它们到装着大豆的食槽跟前来。有一天，冬天完全出乎意外地突然降临在我们这儿。一天晚上发生了这样的事，我看见一群形状像鹿的岩石，似乎在往上浮动着，我把这雕塑一般的景象当做山中偶然出现的光和影的嬉戏，出神地欣赏起来：那儿好像是三只成年的鹿，其中两只母鹿，一只公鹿，它们带着一只小鹿两只幼鹿。那些姿势不一的小脑袋，在夜空的背景下呈扇形排列开来。突然，其中一块像鹿一样的岩石动了一下，不仅如此，还有微微听得到的鹿鸣声往下传了过来。原来，在那高处的真是鹿，而且在另一面陡坡上也有鹿，在雾山山沟的高坡上也有鹿，到处都是鹿，它们在朦胧中和山溶为一体了。卢文看到了那山上的鹿以后，立即动手修补我们窝棚上绷芦苇顶的网子：他确信，鹿要是在夜里走到山上去，第二天一定不会有好天气。我也凭着一种模糊的预感，料想自然界会有什么事发生。我觉得，最近这些日子天天一个样，就像是镜子里照出来的同一个日子：平平静静，寒气逼人，没有云雾，令人感到不自然，感到可怕。之所以感到可怕，还因为在那没有一点生气的、一片发黄的荒野的上空，仍然高高地挂着一轮 42 度纬线上的意大利一般的太阳！这是谁也不习惯的大地，谁也不熟悉的大自然！我似乎觉得，这里有一轮春天的太阳在白天里使树木里的液汁活动起来，而一到晚上受骗的液汁在寒气下又冻结起来，因而整棵树木从上到下裂出了一道道口子。峭壁掩护了生命力强的树木几十年甚至几百年，可峭壁却突然崩塌，化为了碎石，而台风又把树木像扔火柴盒似的乱扔一气。还有那洪水的肆虐，何等猖狂！人是自然界最聪明的生物了，却要向鹿探问明天的天气状况，这该有多奇怪！

第二天黎明前，我怀着激动的心情走出窝棚，看鹿给我们的预报都有什么结果。开始可以判定天气了，这时我像在鹿茸切割机里，脚下顿时失去了支撑点一样，觉得天地间东西南北、一年四季全都混乱了：天气变得很温暖，出现了夏季那样的很淡的云彩，接着出现了美丽的吉祥的乌云，然后下起了这儿去年整个夏天从未下过的、像我们那儿的那种痛痛快快的暴雨，而且雷电交加。这样一直延续到傍晚。

看来，鹿是把人骗了。可是到了傍晚时分，天气突然变了，冷得很，桶里的水都结了冰，刮起了一场带雪的台风。

山上又发生了什么变化呢？我们在峡谷西面高坡之间，静静地坐在自己窝棚里的火炉旁，听着那怒吼声和尖叫声，岩石崩落下来的非同一般的轰隆声。海边不知什么东西发出一声特殊的巨响，我们猜想那是屹立在小路上的一座危崖崩塌了。顷刻之间，一切又变得死一样寂静，仿佛那非常长的躯体的台风妖怪在我们头上飞了好长时间之后，它的尾巴一扫过去，大地

就静寂下来了。这时候，大海发出像是地底下的隆隆巨响，卵
石纷纷地被抛到岸上来——水底卵石多极了——然后很快地又
把它们带了回去，而它们却感到不满，唠唠叨叨个没完没了。
大海就这样把卵石抛上来又带回去，约莫有十个来回的光景，
这时台风妖怪又突然回来了，它那呼啸声盖过一切声音，真是
可怕极了。台风在我们黑糊糊的上空长久地飞着，海上又传来
了隆隆声和唠叨声。就这样，大海把卵石抛上来又带走，台风
妖怪一会儿走了一会儿又转身回来……

　　要是没有两座山的遮挡，我们的窝棚连同我们两个人都会
像轻飘飘的鸡毛一样被卷起来，而且所有的鹿，还有雪豹、老
虎，也都会给刮得飞起来。不过那些野兽在前一天就感觉到有
危险，都转移到背风的地方去了。那些鹿已隐蔽在没有一点儿
风的地方，它们在那儿无事可做，竟纷纷折弯树上的小枝来戏
耍。我在山中打猎的时候，不止一次见到过鹿的这些隐蔽地
方，根据折弯的树枝和踩实了的泥土，远远地就能认出这些地
方来。当然，我们预先估计到了天气会有剧变，因此把养鹿场
建筑得使台风根本不可能把里面的鹿刮走。不过我一想起梅花
鹿，就不禁害怕起来，因为这时候整个鹰窝角都会被风吹遍
的，只有一个地方可以隐蔽起来，那就是我们的养鹿场，只有
在那儿梅花鹿才能有救。

　　对于黎明前的白雪，我的眼睛渐渐地适应了，但是对意大
利似的太阳照耀下的皑皑白雪，我的眼睛还是几乎不能忍受。
台风的势头虽然小了一点，但还在继续刮着。我们呢，还非要
赶到养鹿场去救梅花鹿不可。我们像在打猎中偷偷接近野兽时

那样，很怕遇上风，于是便在小山之间穿越前进，现在我们的脚印奇怪地留在了雪地上。说不定现在什么地方有一只老虎饿得跑了出来，也把它的脚印留在了雪地上？或者它宁可挨饿，也不愿出现这种可怕的事情——在雪地上留下自己的脚印？当然，只在凹地里才有雪，在那四面受风的高耸地面上，见到的依然是一片黄色的山芦苇，正被风吹得东倒西歪。这些高耸地方，我们是很难迈步走过去的，我们只好像壁虎那样爬行，台风虽然紧追不放，却也不能把我们从地面上刮跑。我们爬上最后一个招风的高地，一眼望见了整个鹰窝角，立刻转忧为喜了。只见我们的鹿全都藏身在单栏里，梅花鹿带着它的小米沙呆在养鹿场对面的凹地里，那神气就像一心一意等着谁打开大门，放它到院子里去。当我们打开大门走进去的时候，它站在凹地里连耳朵都不动一下。我把它那非常熟悉的食槽拿过来，倒上大豆，放到院子中央。我把一根绳子拴在门上，这样，一拉绳子就可以关上门，然后和卢文走到一个空的单栏里去，把活动小窗稍微打开一点，让光线射进来。我对着窗眼吹起了树皮喇叭，卢文拿着绳子，准备等我一示意，就拉一下绳子把门关上。梅花鹿听到最初几声喇叭，眼睛眯了起来，变得和善起来，平时那么警惕地竖起的耳朵不知怎的向两边分开来了。它伸长脖子，鼻子扭动了几下，向前迈了小小的一步。我又吹了几声，它又迈一步；又吹，又迈。它到了门边，便停了下来，陷入沉思，我有意沉默起来，使它不至于对召唤的喇叭声习以为常。大豆对它的引诱比喇叭声更大，现在它已经清清楚楚看见大豆了。我沉默了一会儿以后，又吹起喇叭来，这一下子大功告成了。梅花鹿迈步走到食槽跟前，吃了些大豆。我向卢文使了个眼色，他小心地拉了拉绳子，大门给关上了。我们这边一点声响也没有听到，至于梅花鹿，当然听到了关门声，它转过头去，两只耳朵像号角一样竖了起来。虽然大门已经关上，但它并不感到奇怪，它只关心这么一件事：可不可以痛痛快快地吃那些大豆？当它深信可以这样做以后，便又把头向食槽低下去，用黑色的嘴唇慢条斯理地裹起美味的、黄灿灿的大豆嚼起来。

十二

我不止一次地想起要在冬天里去看看人参。真难以想象这种最娇嫩的亚热带植物在雪下是怎样生存的。从南方的气候到现在这样凛冽的地方，这一番剧变，人参如何经受得了？我也很想看看白雪覆盖下的歌谷，欣赏它现在没有飞鸟和夏季乐师——螽斯——情况下的宁静。可是，冬天养鹿的工作使我忙得不亦乐乎，无法脱身。我们既要喂鹿吃食，又要清扫单栏。不过我仍然不能说，我对这粗重的活儿感到厌烦了。我对梅花鹿的特殊感情始终没有淡漠，它似乎不单单是一只鹿，同时还是一朵花儿，而且是一朵特殊的花儿，我自己这个还没有出息的人有幸得到的、连我自己都还说不清楚的种种机遇，都同这朵花儿有着密切的联系。而且其他所有的鹿，以及眼前这整个偌大的新事业，我都看成是我个人的切身事业，同时我又并不想从这儿为自己企求什么，我们未来的收入，我同卢文一样只看成是给未来的、我还不认识的人们的一种药。在我本人看来，事业本身便是世界上最好的药。有时我一连几小时注视着梅花鹿怎样从不同方向转动耳朵，后来我也朝它所听的那边看去，我往往通过长时间的观察，终于亲眼发现了情况。有时见一只老鹰飞过去，或者一只狼走过去，这时梅花鹿眼睛下面的长长的泪囊便会扩展开来，它那双十分美丽的大眼睛因而显得更大了。现在，我不仅什么时候都可以抚摸梅花鹿两耳之间的部位，而且甚至使它和我们的那条叫"莱巴"的狗相处得习惯了：在院子里给所有的鹿喂东西吃的时候，莱巴总是在场。所有其他的鹿也很快就跟莱巴混熟了，对它一点儿也不介意了。只有梅花鹿由于担心它的小米沙出问题，对莱巴还不是完全放心。当然它很清楚，莱巴是不敢动这幼鹿的一根毫毛的，但

是做母亲的本能使得它在喂食的时候总要时时盯着莱巴，一有机会，它都要竭力把莱巴从自己身边赶到远一点的地方去。不过莱巴倒是顶机灵的，它从来没有让母鹿的尖蹄子踢到过。只有一次，莱巴被跳蚤咬得难受，它像其他狗遇到这种不愉快的情况一样，一时间竟忘记了天下的一切，把全部注意力集中在跳蚤上了。它皱起鼻子，用牙齿在肚皮上来回搜寻，把两只后腿伸展开来。梅花鹿抓住这个机会，跑到莱巴身边，举起一只前腿就来了一下子……霎时间，所有的鹿，米贡啦，摇摆鹿啦，直角鹿啦，花花公子啦，甚至灰眼睛啦、黑脊梁啦，都停止吃食了，兴致勃勃地观看起来。那时候我开始懂得它们是怎么笑的了。它们的笑不是表现在脸上，而是在眼睛里流露出一点什么，而当梅花鹿举起一只前腿，好不快乐地轻轻踢了一下莱巴的时候，它那调皮的眼神就特别明显。这真是有意思！

　　冬天是可怕的，这倒不是因为天气严寒，而是由于寒风凛冽刺骨。无论在山顶上，还是在山坡上，雪都是留不住的，凶狠的台风把那里的雪都刮走了，但是在凹地里，在山沟里，在峡谷和山谷中，那雪却是够多够多的了。有一次，我仅仅凭着雪地上的脚印，便识破了几只红狼袭击鹿的图谋，于是赏了它们几颗子弹。有一次，积雪又让我知道了在我打死一只豹子的那个雪豹沟里，住着它的母豹和两只小豹。又有一次，我根据树上结的冰，猜到了树洞里睡着一头熊——果不其然，那里有一头不大的白脖子熊。有一次，我在雪地上还看见了一只老虎的脚印。

进入数九寒天、朔风凛冽的季节后，所有的鹿都要从北面山坡转移到向阳的南面来，在这里的柞树丛中觅食。要是它们像北方鹿那样，能够用蹄子刨开雪，弄到干草来吃的话，那就只有地面冰冻才是使它们感到害怕的了。然而这些残存的野兽，看来不善于各方面都适应严酷的气候，它们在灌木丛被深深地埋在了积雪里的条件下，成了无依无靠的可怜虫。它们的日子可真难过啊！距离开春也不过个把星期，可竟有一只怀孕的母鹿怎么也挨不过来，身体衰弱死去了。要不是它肚里有胎儿，那自然是能活下来的。

春雾初起，山上四面受风的高坡摆脱冰壳裸露出来，高坡上露出了可口的苔藓，一只年轻的小母鹿走上来觅食，踩到了大风刮成的一大块悬在海边的积雪上。这大雪块本来已经受到春雾的浸润，于是一踩就崩坍了。要是雪面没有滑溜的冰壳的话，机灵的母鹿本来只用前腿就可以把自己的身子甩上来。可现在只在结冰的山岩边上留下了蹄子蹭过的印子，摔死的母鹿倒在了紧靠海边的石头上，成了狐狸、獾、貉，也许还有章鱼的猎获物了。

在这冬夏之交艰苦的过渡时期里，不少野兽丢了性命。一只母鹿用后脚立起来，采小柞树上的干叶子吃。也许是它后脚的硬蹄子在冰地上滑了一下，摔倒了，脖子死死地卡在了柞树的枝杈上。我发现它的时候，它就这样挂在那儿。还有，一只公鹿想纵身跳过柞树丛，它的身子是过去了，但后脚的蹄根卡在了繁密的树干上。是的，鹿也是多灾多难的，其中最常见的，据我看，是担惊受怕……

春天是细雨霏霏、雾霭蒙蒙的季节。太阳难得露一会儿脸，它一露脸倒要作孽：树木被那热气所欺骗，开始萌发生机，可被它所激活的树汁一到了晚上，却给冻上了，木质被涨裂了。

在蒙蒙雾霭中，山上的积雪渐渐地融化了，变成一股股小溪，在四处流淌，不过这景象被迷雾遮掩了。后来种种劲草长起来，也被迷雾遮掩了。候鸟迁徙的壮烈举动，也只是凭声音才猜得到，一两个星期的时间就这样在漫漫浓雾中度过，除了野鸡以外什么也看不到。突然间，碰上了一个喜出望外的日子：在融融春阳下，一座座绿色的小山包出现在眼际了，在迄今为止的一片寂静中，四面八方突然发出了野鸡的鸣叫声。

鹿开始脱换老角了。强壮的公鹿最早脱掉老角，它们长出新角也最早，发情期来得也最早。在冬天里，卢文曾许多次对我讲起一只永生不老的鹿，说它似乎是永远不换角的。我很珍视卢文给我讲的所有神话、故事，因为它们都有某种可靠的原始根据。我总是一边听他讲，一边尽量照我的方式去理解，从中吸取对我有用的东西。对待永生不老的鹿这件事也是这样。当所有的鹿都换了角，母鹿产犊也已经开始。再也想不到还会有什么鹿留着骨化了老角的时候，我有一次居然在山上看见下面牧场上有一只永生不老的鹿，头上顶着有很多枝叉的骨化角，孤零零地在那儿吃东西。我一定要解开这只鹿的永生不老之谜，因此我尽管曾经下决心永远不打梅花鹿了，但是这一次却横下一条心，射出了一颗子弹。这一下子不换角的秘密可就揭开来了：原来是在春天发情期间跟别的公鹿殴斗中，这只公

鹿可能完全失去了性器官，本来正从下身涌向老角的年轻的生命力，这时一下子终止了，活的新角没有生长出来，死的骨化了的老角照原样留了下来。既然那副死的骨角没有变化，总是老样子，那就很容易以为是永生不老的了；再说，永远不脱换的骨化死角——这恐怕也是大家最好理解的、最真实可信的永生不老的样子了。不用说，我把这看法全都说给卢文听了，还让他看了公鹿的骨化角和失去性器官后结过疤的光滑处。自然，卢文回答说，这并不是那只鹿，永生不老的鹿毕竟还是永生不老的，子弹是打不死它的。这时我心中忽然产生了一个痛苦的感触，觉得卢文沉溺在这些神奇的故事里，他本人就好像一只长着不脱换的骨化角的公鹿。我之所以感到痛苦，是因为我无可奈何地，似乎根本不是因为什么大事，也不是有什么本质上的分歧，便断绝了同这个最好的人的交往，我们从此分道扬镳了，我依旧成了孤单单的一个人。跟这个好人在一起我总感到缺少点什么，我无论怎样去爱他，去接受他，跟他一起毕竟还是好像孤单单的一个人，心中有什么美好的想法，也不能跟他交流，因为那美好的想法在我看来十分珍贵，但在他看来也许是多余的。

当然，我们的鹿也像外头的鹿一样，渐渐地一只接着一只脱换了老角。第一个扔掉老角的是灰眼睛，紧接着是黑脊梁，然后是米贡、花花公子、摇摆鹿和直角鹿两兄弟。它们全都换了角以后，有一次米贡走到我跟前，发出特殊的尖细叫声，弯下头，似乎想用已经没有了的骨化角来顶我。我猜想，它是要我挠一挠它的角座；我觉得，它那儿一定是感到痒痒的。我这么办了。这一次它很高兴。另一次，它远远地看到了我，尖叫着跑了过来，几乎把我撞个满怀。我给它挠了一会儿，我们才分开。而第三次，我已经把它娇惯了，它跑了过来，竟像一副下命令的模样：你愿意，就给挠挠，要不，我自己挠！不消说，我没有顺从这个淘气包。而它呢，想自己把角座在我身上蹭，使劲拿脑门顶我，我不仅被顶倒了，甚至还"飞"到了栅栏旁边。米贡明白了，我也没有什么了不起的，便再一次向我冲过来，不用说，它是想再一次把我撞倒，叫我爬不起来。但是，在它弯下头准备冲过来攻击我的紧要关头，我明白了我所处的地位，便立刻用左手抓住它的右腿蹄子根，用右手照着它的肋部猛然一击，把它打倒在地。但这还不够！我顺手从栅栏上拔出一根杆子，狠狠地捶了它一顿，从这以后它就一直老老实实了。它像过去一样眨巴眼睛，发出尖细的叫声，把角座送过来挠痒痒，可是只要我伸出一个指头吓唬它一下，它便老老实实地走开了。其他的公鹿呢，因为野性还没有泯灭，我便不让它们到我身边来。

　　我为了做秤而忙了好一阵子，到底还是做成了，我把它同鹿茸切割机结合起来用。当鹿进到这箱子里，我就按动杠杆，箱底就变成了秤。我拿摇摆鹿和直角鹿这两只完全相同的鹿来做实验。我用浓缩饲料喂其中的摇摆鹿，就像喂猪一样，只要它吃得下，就尽量让它吃。而另一只和它一样重的直角鹿，则像喂其他所有的鹿一样，采取正常的喂法，我做这个实验的目的，是要弄清楚，把鹿喂肥一些，它的鹿茸能增加多少重量，能不能用这种方法得到连中国都没有听说过的那么重的鹿茸。

时间在一天天过去，鹿茸角在渐渐长大，我一眼就看出，特殊喂养的那只鹿的鹿茸角充满了血。透出了鲜亮的桃红色，上面的茸毛银光闪闪。可是，我还有好多好多打算呢！我最主要的打算，我的狂热的梦想，是要培养出一些贵重的鹿茸品种，卖到好价钱，用得来的钱购买大批铁丝，用铁丝网把整个雾山连同山里的所有的鹿都围圈起来，帮助它跟大陆隔开来，也跟它们的敌人——豹、狼、貉、獾隔开来。我计划我的鹿茸业分四个场所经营：第一个场所是我的家养鹿场，我把公鹿圈养在这里，一直养到割下鹿茸，然后放到第二个场所去，也就是放到鹰窝角这个可算得上公园的场所去；第三个场所是雾山公园；最后一个场所是连着雾山的原始森林，那是野鹿的固定储备场所。我还进一步梦想：在我驯养野生动物新品种的新事业中，由卢文介绍，结交一批像他那样的中国人，把他们团结在自己的周围，使他们从内心来说是独立的，摆脱文明的诱惑，而又能像欧洲人一样，自动成为大尉，并且能坚持自己的事业。

也许，我还梦想做很多很多事，但所有这些梦想，都像后来我所说的，是有期限的梦想。我们大家都承认，生活中有一些期限是不以我们本人的意志为转移的；不论你怎样努力，不论怎样足智多谋，条件不成熟，期限没有到，你的美好打算不过是空中楼阁。我只感觉到，我只知道一件事，那就是我的生命之根人参正在某处生长着，我会等到我的期限的。

十三

夏天又炎热又潮湿。夜里到处是萤火虫的闪闪的亮光。早晨可以看到一个个好大的蜘蛛在灌木丛和青草上结下的网；你到原始森林里去，必须随身带一根木棍，来清除前面的蜘蛛网。如果哪一天早晨出了太阳，那么要不了个把小时，你就会觉得那几个星期不散的雾是可以原谅的了。在那么潮湿的雾气里，那一张张蜘蛛网，必定布满了一颗挨着一颗的微小的水珠，这时它们就宛若变成了一件件绝顶美丽的珍珠织品了。有一次，就在这样的时刻，母鹿走到我休息的那块石头旁边，徐徐的轻风吹得它好不痛快，于是我躺在石头上，观察起鹿的生活中的一件大事来。它生下了一只跟它完全一样的幼鹿，身上也满是斑点，这些斑点在斑驳的光影之间把母鹿和幼鹿伪装起来，使人们从它们旁边走过也丝毫发觉不了它们。幼鹿刚生下来不会站立，母鹿躺着折腾了好长时间，把奶子准确地送到它的脑袋前，悄悄地提示它吃奶。过了老半天，幼鹿才能明白过来，吸吮起来了。后来，母鹿觉得幼鹿够有劲了，它便自个儿站了起来，幼鹿也跟着站起来，并试图站着吃奶，不过几条腿还很软，它摇晃了一下，又躺了下去，于是母鹿也躺下去，但不再送奶子给它了：现在幼鹿自己知道要找奶吃了。这时，我忍不住要咳嗽，不论我怎么控制，不论怎样闭紧了嘴巴，一声压得很低的咳嗽还是迸发出来，母鹿还是听见了。它的目光跟

175

我的目光相遇了，转瞬间，甚至来不及尖叫一声，它就跑得无影无踪了。这位母亲的恐惧传染给了小鹿，不过小鹿自然还不会跑，它便把身子紧贴在地上，藏了起来。我觉得，如果我事先没有看见它，我是不可能发现它的。它想藏起来，不引起人注意，躲开敌人的眼睛，但它似乎自己也相信它可以不伸展身子，所以当我把它抱起来的时候，它依然蜷缩着身子。我把它抱起来之后，又像放一件东西一样，把它放了回去。我把它留在那儿，心里感到很可惜，可是我和卢文又没有母牛，卢文也不喝牛奶，他说："我要是喝牛奶，该认母牛做妈妈才是。"因此，要是把它带回去，是没有牛奶给它喝的。但是这一次经历对我未来的日子很有用，我产生了一个兴办我们事业的重要想法：将来我们养母牛时，可以趁母鹿生育期间，带上莱巴到原始森林里去，在那里就不难找到这样惊呆了的幼鹿了；把这种

幼鹿加以驯养，大概完全可以成为家畜了。

母鹿生育的时候，公鹿长鹿茸角的时候，母鹿和公鹿都少不了操心的事儿：母鹿关心它的幼鹿，公鹿关心它的敏感娇嫩的鹿茸角，那鹿茸角只要稍稍一碰，便会变成一块血糕。灰眼睛的鹿茸角明显地比别的鹿长得快，一天早晨，卢文把这副鹿茸角观察了至少有个把钟头，之后说道：

"今天我们的要割了！"

我们便开始准备办这件重大的、冒险的事了。据卢文说，灰眼睛的鹿茸至少值 1000 日元的药！但是主要的不在于药，而在于如何对付这鹿本身：要是事情办糟了的话，受惊的鹿是不管身前有什么障碍物的，即使把鹿茸角变为红糕，把自己的腿折断也在所不惜，死活要把障碍冲破。我们又没有可以请教的人。卢文以前割鹿茸采取的是既野蛮又冒险的方法，中国人的老方法是干脆把鹿捆起来放倒。

我们开始着手做这件极为冒险的事，把所有的鹿都放到院子里去，单栏里只留下灰眼睛这一只鹿。现在，如果把它从单栏里放出来，它在过道里只有一条路可走了，那就是走到鹿茸切割机里去；而过道里另一头的出口挂着活动挡板，给挡住了。这挡板上有一个孔，卢文站在挡板后面，从孔里看着我如何打开单栏的门，把鹿放出来。接着，我走到过道的另一头，像他一样藏在隐蔽物的后面。我也像卢文那样从孔里看着，手里握着杠杆的把儿：只要鹿走进切割机，我便按一下杠杆，它便会陷落下去，两边包着软席子的木板就会把它的肚子托住，它就会四脚悬空，不住地乱晃。但是要做到这一步实在不容

易。灰眼睛从单栏里走出来以后，就站在昏暗的过道里一步也不向前走了：它平常往院子里去的路，现在被挡板堵住了，而往不熟悉的另一个方向走，它又很不愿意。怎么办呢？于是卢文开始轻轻地按住挡板，把它向前推。灰眼睛犹豫不决起来——是朝危险的方向走呢，还是朝着挡板冲去，把它毁掉，也许连自己也一道儿毁掉。挡板渐渐近了，那挡板后面传出熟悉的亲切声音。

"米什卡，米什卡！"

卢文总是管所有的鹿都叫做米什卡。

灰眼睛安静下来，小心谨慎地朝危险的方向走去。它走了几步，又停下来。卢文继续往前推挡板，灰眼睛又往前走几步，就这样，一步一步接近那脚下板子会突然落下去的地方。它可千万别不到切割机跟前便把我们的圈套给识破了，那是最叫人担心的事。它也有另一条出路，就是干脆躺在地板上不向前走了，那样我们就几乎无能为力了，因为我们又不能来硬的一套：不然的话，它只要纵身一跳，我们便什么都落空了。这时一片寂静，只有滑轮在发出低微的吱吱声，眼看到了灰眼睛不是躺倒就是冒险的紧要关头。可是，它的前蹄已踩到活动板子上了，挡板从它后面逼过来，猛地推了过去。我压了一下杠杆，只听得轰隆一声巨响，转瞬间，卢文打开了挡板的小门，奔到了切割机前，为了保险起见，他猛地坐在被两块侧板夹住的鹿身上。这时我走了出来，把切割机的盖子打开，把已经孤立无援的公鹿的头拽过来，拴在了撑着箱壁的板条上。割鹿茸角是非常痛苦的事。血像喷泉一样从手底下喷射出来，不过痛

苦只是一刹那的功夫。年轻的鹿会发狂地叫起来，惊恐地翻着白眼，但是高傲的老鹿往往若无其事。跟前的灰眼睛就很了不起：它的处境很可怕，四腿悬空乱晃，身子靠不上任何东西，脚踩不着任何东西，这野兽什么都完了，而且肚子两边还被什么东西紧紧地夹住了，背上还坐着一个人，还有另一个人在切它的鹿茸角，这简直是当着母亲的面杀孩子——灰眼睛处于这样的境地，仍然不仅不叫一声，而且连眼睛也不眨一下。我看着这鹿王的榜样，把它当做永远忘不了的理想：我亲眼看见了并且懂得了，如果我自己能保持尊严，那就谁也不可能使我失去尊严了。

我割下了鹿茸角之后，解开了鹿的头。卢文跳了下来，我按了按放下侧板的杠杆，鹿跌倒在坑底，在那儿得到了落脚点，便像炮弹似的，从坑底飞到了院子里。我们在鹿共用的食槽里倒上大豆，不出 10 分钟，灰眼睛似乎已经不觉得疼痛了，同其他的鹿在一起，头上无角，嚼起大豆来了。我办完了这件难事，感到万分高兴，甚至拥抱起我的卢文来，而这个上了岁数的人，竟然高兴得流下了眼泪。

就在我们欢庆胜利的时候，一个可怕的灾难悄悄地降临到了我们头上，那是一只身上有条纹的、样子很像松鼠的、叫做金花鼠的小动物造成的。这儿金花鼠多得很，到处都是，有一只金花鼠天天在我们食槽底下拣大豆吃，对此我丝毫也没介意。可现在出问题了，一颗大豆掉在梅花鹿的一只蹄子旁边，金花鼠跑过去拣它，这时梅花鹿正好挪动蹄子，踩着了金花鼠的尾巴，并且一点儿也没感觉到把金花鼠的尾巴压在地上。

这个牙齿尖利的家伙自然不肯罢休，一口咬住梅花鹿的腿，梅花鹿吓得哆嗦了一下，往下看了看，天知道它产生了什么错觉！那情景就好比在挤得水泄不通的剧场里，有谁喊了一声"起火啦"，人们就跟野兽一样，感到一种致命的危险，除了自己以外什么都不顾了，拔腿就跑。梅花鹿看到自己腿上那个长尾巴的鬼东西，也这样产生了巨大的恐惧，这恐惧转瞬间传遍了所有的鹿，而它们一个个都是有 7 普特重，加在一起可就成了 50 普特重的一种力量，它们全都迈开腿脚拼命飞奔起来，不用说，一下子就把篱笆给冲了个粉碎，而所有这些鹿全获得了自由。篱笆倒下的哗啦声，身上碰出来的伤口，撞在篱笆上的疼痛——所有这一切，梅花鹿大概都以为是它腿上那个有条纹的鬼东西作祟的结果。它发狂地奔跑起来，使劲张开尾部的白餐巾似的白毛，给其他的鹿指引道路，所有的鹿都跟着它奔跑起来，每一只跑在前面的鹿都给跟着跑的鹿亮起自己的白餐巾，那个有条纹的鬼东西金花鼠，则在所有鹿的后面，追赶着它们。

我给弄得失魂落魄，一个人竟失魂落魄到了什么地步啊！我飞奔到山上去找那些鹿，就像那些受了惊吓的野兽是可以找到似的。我哪儿都找过了，在哪儿都没有见到它们。可是到了傍晚时分，在朦胧的暮色中，我突然看见它们都在我上面的高高的山岩上。我转过头往另一边看，在另一座山岩上也看见了鹿，到处都有鹿，在我们峡谷的斜坡上也都有鹿，好多鹿啊。我几乎发疯了，整整一个夜里，好心的卢文怎么也没有能使我平静下来。

十四

我想出了一个可靠的方法，来对付种种挫折和消除恶劣情绪，那就是在黎明前从窝棚里走出去，靠在什么硬的东西上面，聚精会神地作这样的思考：我的生命之根正在生长，它要长成是需要一段时间的，因此不能遇到什么倒霉的事就气馁，而要永远把挫折当做不可回避的事来对待，并且相信获得成就的日期必定会到来。我觉得，我每天通过这样的锻炼，培养了我的坚强的意志，使自己今后永远不会在面对灾难时表现软弱，做出丢脸的事。可是，在第一次同现实生活发生重大冲突时，我这个想得很妙的、但没有经过什么考验的方法不灵验了，我被弄得失魂落魄，以致把人参忘到九霄云外了。

在梅花鹿饲养场的废墟上，我同莱巴呆在一起，不时地吹起召唤鹿的小喇叭来。在脑子里产生了一个想法：如果我是一个哪怕有一丁点迷信的人，喜欢用某种不可思议的、莫名其妙的原因来为自己解释简单明了的、但是难以忍受的事情的话，我那时就会以为梅花鹿是一个以它的美色迷惑我的女妖：它在我的眼前变成了一位美丽的女人，而当我爱上了她的时候，她却突然消失得无影无踪了。而当我好不容易终于恢复了常态，以男子汉的魄力扩大了魔圈的时候，还是那同一头梅花鹿竟突然把这一切彻底破坏了。最终竟跑出金花鼠这个有条纹的鬼东西来。这样说来，从十分久远的时代开始，人们身上这件迷信

的护身衣就一天一天厚起来了，女妖和魔鬼变化无穷，花样翻新，只有孩子们才是天真无邪的……

许许多多诸如此类的思绪，在生活里的波澜平静以后仍然在我的忧愁的脑海中萦回着。山那边还没有掀起新的波澜。莱巴早就有点奇怪地时时朝后面瞅瞅，又瞅瞅我，仿佛我后面发生了一件什么平平常常的、不值得担心的事，但那里毕竟有点异样，毕竟发生了什么事。不知为什么，我对这条狗的默默的提示没有在意，而是一直闷闷不乐地想自己的心事，等到我的身后发出了明显的沙沙声，才回头瞅了一下……原来在我的后面，竟站着梅花鹿和小米沙，它们正吃着那场混乱中撒在地上的大豆。这是多么令人高兴的事啊！可是，别高兴得早了！那儿还有金花鼠，而且不是 1 只，大大小小一共有 5 只，这些身上有条纹的鬼东西，也在专心专意地吃大豆呢。我生平不知发生过多少次，当你刚要借助高明的解释和神秘而遥远的力量，来理解和减轻所碰到的灾祸时，生活的美好一面却突然展现在你面前，它把自己当做一份厚礼赠送给它所宠爱的你，叫你高兴得简直忘乎所以，又是笑又是叫，胡子上像沾满了蜜糖，尾巴翘得老高。我永远也忘不了这样的时刻：太阳从雾霭中露出脸来，整张整张湿润的蜘蛛网上，无数钻石和珍珠在闪闪发亮，而且眼前又有多少花啊，多么美丽的花啊！缀满珍珠的杜鹃花啦，戴着镶有金刚石帽子的百合花啦，那蜘蛛还用银丝捉住一朵白色娇嫩的火绒草，叫它也来一同创造这清晨的欢乐。钻石和珍珠如此丰富，只有在阿拉伯的《天方夜谭》里才可以见到，但是就连阿拉伯人的惊人的想象力，也创造不出像我这

样富有、这样幸福的哈里发（哈里发——中世纪某些伊斯兰教
国家的君主——译者）。

人的身上有着多么富饶的处女地等待开发，多么无穷尽的
创造力等待发挥啊，千百万的不幸者来了又去了，但没有能够
了解自己的人参，没有能够在自己的内心开发这力量、勇敢、
欢乐、幸福的源泉！而你看，我又有过多少鹿，而且是多么可
爱的鹿啊！你只要想想灰眼睛在刀下的那种表现！但是，所有
那些鹿给予我的快乐，都不能同那只梅花鹿回来时给我的狂喜
相比！你可能会以为，我当时就知道我可以靠梅花鹿捉回许多
鹿，所以才会如此狂喜。完全不是这样！我之所以会感到狂
喜，是因为同鹿的分离，使我清清楚楚地弄明白了，我在这番
事业中倾注了多少心血；我之所以会感到狂喜，还因为我现在
可以重新开始我那非常美好的建设事业。你看，我和卢文马上

兴高采烈地在重新制作篱笆，在加高加固篱笆，使鹿再也跳不过去了，再也撞不倒了，它们即使一齐来撞也撞不倒了。现在我渐渐地明白了，梅花鹿听到召唤鹿的喇叭声，从原始森林里返回来了，这对我的事业说来，其意义比我拥有跑掉的全部公鹿还要大得多。我现在不须冒任何风险，就能每天不停地做这样的实验：早晨把梅花鹿放到野外去让它自由活动，到了傍晚再用召唤鹿的喇叭把它从那儿召唤回来。还有，每次召唤回来时，给它和给小米沙吃点精制的美味食品。结果我竟达到了这样的日的：白天在任何时候，我只要一吹喇叭，它便会经过一个个小山头迅速地跑回养鹿场来。

时令又慢慢地接近秋季发情期了。有一天，我无意间突然想到，我应该采取点什么行动，使我的跑掉的那些鹿回到我这儿来，也许它们还能带回一些新的鹿来。有一次，鹰窝对面的小山上，来了一小群母鹿，不知为什么那只长着巨大骨化角的摇摆鹿也夹杂在它们中间。这时还是早秋时分，就是马鹿也还没因发情而叫唤呢，不过动物当然也像人一样，它们中间也常常有浪荡公子。完全有可能，我的这只为了实验而特意喂养的鹿就提前浪荡起来了。不过，对那些按时令来说还完全是童贞的母鹿，摇摆鹿也许纠缠了好长时间而没有能够得手，我从隐蔽物的后面盯着摇摆鹿，等它来到小山后面的时候，悄悄地打开了养鹿场的大门，把拉门捉鹿的绳子系好，然后把梅花鹿放出去溜达。梅花鹿高高兴兴跑到鹿群那边去，这时摇摆鹿发现了它，跑过来迎接它。它们在养鹿场里曾在一块儿度过一段不平常的日子，彼此可能建立了某种友好关系。梅花鹿虽然让这

只肥胖的公鹿嗅自己，但是只允许它嗅到一定的程度，而只要超过这限度，梅花鹿便离开它，藏到母鹿群中去。过了约莫一个钟头，它已经忘了摇摆鹿的纠缠，又从鹿群中走了出来。它还没有来得及离开鹿群走回来，那头公鹿又讨厌地缠了上它。这时梅花鹿没有别的办法，只好又跑回鹿群中去。我抓住这个极其有利的时机，躺在石头后面的背风处，手里紧紧攥着绳子的一头，吹起了召唤鹿的喇叭，梅花鹿听见了，拔腿飞快地跑了过来。我的打算一点也没有错：那公鹿也跟着它飞快地跑了过来。公鹿跑进大门的时候，不仅一点疑虑也没有，而且在它进来以后大门给关上了，它也没有掉过头来想跑掉，不仅如此，在我露面的时候，它居然没有一点惶恐不安的样子。

我是多么急不可耐地等待着梅花鹿发情期的到来啊。渐渐地，葡萄叶子变成绯红的了，小叶槭树满树红得像火一般了。有一次，在刮了一阵不大的台风之后，一个满天星斗的安静的夜里，严寒降临了，也像去年一样，也是在这个 9 月的夜晚，在同一个方向，同一个山上，第一只马鹿因发情而叫唤起来了。

在一天一天的、肉眼看得见的变化中，又过去了两个星期。葡萄成熟了。那一片黄澄澄的牧场上，被踩在地上的死了的杜鹃花，把点点红色留在地上，就像那些鹿在角斗之后，整个牧场上留下的斑斑血迹一样。一个静得出奇的夜里，在那黑糊糊的山脊上和大熊星座的尾巴交错的地方，第一只鹿因发情而叫唤起来，另一只鹿应和着它，那应和声好像回声一样，远处还有一个回声应和这个回声。任何一只母鹿到了某一天，都

会在自己的足迹上开始留下让所有公鹿无比激动的气味。现在梅花鹿就到了这一天，因此公鹿一开始叫唤，我就把不要错过梅花鹿的这一天当做我的最重要的事。母鹿的这种气味，公鹿们在很远很远的地方闻到了，或者就在自己眼前的地上闻到了，就会不再吃东西，而要边走边叫唤地去寻找母鹿。公鹿们嗅到了这足迹的气味，会为了争母鹿不惜进行殊死的角斗，但是母鹿自己呢，在这一天里却只想玩耍，而没有别的要求：机灵的母鹿先同没有经验的或者迟钝的公鹿玩耍起来，而当公鹿性欲激发起来向它扑过来时，它却拼命地奔跑起来，仿佛要公鹿相信这种交配期间的奔跑，是母鹿的最美好、唯一的最珍贵之处似的。好在摇摆鹿已被我捉回来，就呆在我这儿，因此我可以凭借它准确无误地知道梅花鹿的这一天，到那时候梅花鹿将处于这样的状态下：百般淘气，拼命奔跑，但决不委身于因性欲发作而弄得身上污秽不堪的公鹿们。

这样的夜晚终于来到了，在那天晚上，我发现了一些最初的迹象。于是我拿一根细绳子拴着梅花鹿，牵着它沿着一条十分熟悉的小路围绕雾山慢慢地走着。月亮出来了，到处听得到叫唤声，有时还不知从什么地方传来骨化的鹿角相撞击的冷峭的咔嚓声。在这个月夜里，鹿不知为什么并不怎么害怕我了，我不断地在离得非常近的地方一会儿看见了鹿的角，一会儿看见鹿尾部的白毛。有时公鹿就在我跟前叫唤，这似乎已经不是从远处传来的那种叫唤声了，而是混杂着许许多多的、各种各样的声音，尽管这些叫唤声跟远处传来的叫唤声仍然是一样的，不过现在全都只诉说着痛苦，那是一种难受的嘶鸣、呻

吟、叫喊。我牵着梅花鹿，对于公鹿们发情时的那种近乎十分丑恶的叫唤声，我感到我心里隐隐地产生了一种敌意。不过，在这些粗野的叫唤声里，也有着一种天真的、几乎是童稚般的备受委屈的、温柔委婉的乞求同情的调子。我从推己及人的角度想，正是因为公鹿十分痛苦，乞求同情，梅花鹿才关心公鹿的叫唤，准备同任何公鹿玩一玩，跑一跑。梅花鹿常常停下来，侧耳细听，身子颤抖，自然一路留下了自己的印记。亲切的微风拥抱着雾山，公鹿一嗅到梅花鹿的气味，立即停止叫唤，顺着风寻找踪迹。但是在它所渴求的踪迹旁边，它还嗅到了最可怕的野兽的踪迹，感到十分困惑，便停下脚步来，甚至忘记叫唤了。是的，它们是有这么一种嗅觉的，这种嗅觉现在人类是完全给遗忘了。我凭那种如怨如诉的调子揣测，鹿的这种嗅觉，就像我们现在对花的嗅觉一样，最初也会向你传达某种美好的形象，尽管在某一瞬间还产生不了什么激情，而随后激情迸发的时候，仅仅这种美还满足不了我们的要求，于是对我们人来说，就产生了音乐，而对它们来说，就发出了叫唤……

就这样，许多公鹿大概从拥抱着雾山的微风中嗅到了梅花鹿的气味，停下脚步来，在顺着风寻找踪迹。而在遇到人的可怕的踪迹之后，便不安地收住了脚步，在原地站了老半天，然后又按踪迹寻找，小心翼翼地往前走去。

十五

　　黎明时分，天气十分寒冷。我把梅花鹿带到了养鹿场里，在大门上设下了秘密机关，然后退到背风的地方，躲在一个大石头的后面，望着从我这儿到雾山之间的一个接一个的小山包，期待着在这些小山包上会出现我所盼望的事。微微霜冻下的空气清澈透明，蓝蓝的大海环抱着雾山，寒气给山上一棵棵芦苇镶上了白色的花边，这些芦苇衬着远处的碧水，越发显得婉约多姿。旭日越来越明亮了，景色变得更加悦目了，我内心深处仿佛因此感到一阵剧烈疼痛，假如痛得再难受一点儿，我恐怕也会像鹿一样，昂首叫唤起来。既然四周如此美好，我为什么却似乎感到致命的疼痛呢？或许，我像鹿一样，在遇到美好的事物时，期望出现什么愉快的事情，却又不能如愿以偿，才感到一阵痛苦，而且像鹿一样，几乎要叫唤起来？

　　当四周的一切清晰可见、闪闪发亮的时候，在雾山上鹿常走的斜径上，许许多多地方出现了公鹿，远远看去，起初有苍蝇大小，后来稍大一些，然后又在山沟之间横向峡谷里消失不见了。接着又出现在第一个小山后面，然后出现在第二个小山后面。有一只公鹿快爬上最后一个小山顶上了，它的角从小山后面高高地耸了出来，看上去就像是从地底下长出来的一样。在鹰窝对面的小山上，立着一棵孤零零的伞形松，它在跟台风的搏斗中受到了锻炼，浑身长满了节子。每一个节子都留下了

台风肆虐的痕迹，都支撑着长着绿色细长针叶的得胜的树枝。树干本身也长得歪歪扭扭，但毕竟胜利地长成了高高的树干，它的影子投射在点缀着有如斑斑血迹的死杜鹃花的黄色牧场上，一直伸展到长着密密的青草和柞树丛的凹地里。这个凹地很像是小山沟，越往前越深下去，一直通到大海。凹地下面的乱石中间，有一条非常小的溪流时隐时现，往前奔流着。你看，现在有一群母鹿和小鹿在这凹地里，另外还有两只公鹿，毛色很黑，安安静静的，不追求母鹿，不吃，不叫唤，只是一动不动地站着，活像两位陷入沉思的修士。一只极大的鹿从小山后面走出来，向着山上那棵投下阴影的树走过去，它神气十足，可是头上没有角。这只鹿有着威风凛凛的鹿王的派头，给人留下一种奇怪的印象。它头上虽然没有角，却有两个不大的疙瘩。不用说，这是灰眼睛了，它也顺着我的足迹从山上下来，正从小山上居高临下直瞅着我们那两扇开着的大门。我打算像捉摇摆鹿一样把它捉回来，于是悄悄地把两扇门全打开了，在门上系好了绳子。我抚摩了一下梅花鹿，向它作了告别，把它放了出去。它高高兴兴地走出去，静静地、不紧不慢地走到了凹地里的鹿群跟前。灰眼睛知道，梅花鹿要是进了鹿群，是没有法子很快把它撵出来的，它伸直四腿飞也似的奔了过去，拦住了梅花鹿的去路，叫它停了下来。灰眼睛原先是一只非常漂亮的鹿，可现在却弄得满身污垢，肮脏不堪，肚子上的筋肉痉挛地收缩着，由于不断地叫唤，脖子胀得很粗，眼睛里充满了血丝。梅花鹿一见这个可怕的怪物，拔腿朝那棵树的方向跑去，灰眼睛紧紧地跟在它后面，转瞬间两只鹿都消失在小山后面了。这时候我拿起我那小喇叭吹了一会儿，显然，梅花鹿听见了喇叭声，转身往回跑来了，已出现在一群母鹿和两个黑衣修士所在的那个凹地的尽头处。可是凹地上的灌木丛妨碍了它，要不然它肯定跑到了我的身边，并且一定把那公鹿带来了。它在灌木丛里稍一耽搁，灰眼睛马上就追上了它。

这时候，灰眼睛会不会像我们人一样，凭着特殊的嗅觉力量，脑海里也出现一种自然之美的鹿的形象呢？不，我以为它脑海里现在根本没有这样的形象。在它面前不是美，而是好端端地愉快的生活。它像公牛那样昂首向空，可那儿什么也没有。是的，常常有这样的事：眼看就要到手了，结果全都落空了！梅花鹿只好采取这样的解脱办法：卧倒在地上。这时无论是美，还是好端端的生活，一下子全没有了。灰眼睛见到确实什么也没有了，就昂首尖叫起来，然后又像汽笛鸣叫似的，从尖叫转为呼唤，声音愈来愈低，但还在一再呼唤。在它的尖叫和呼唤里，像所有公鹿的尖叫和呼唤一样，有一种如怨如诉的调子，正是这种调子，成了理解鹿的音乐起源的钥匙。我又想到自己的情况：不用说，我之所以感到剧烈疼痛，那也是因为我一时间没有能把美感和好端端的生活区分开来，一旦好端端的生活突然没有了，我心中的美感便和剧烈疼痛交织在一起了。

在鹿的发情期里，我要以学者的身份，用正确的方法研究鹿的话，那么就不至于一开始便以自己的心情去理解鹿了。不过在这荒凉的地方，我自己也像所有动物一样备受痛苦，因此我也就感到跟它们有着亲缘关系。我凭着亲缘关系可怜它们，

同情它们：梅花鹿躺着，等待事情过去，灰眼睛站在它的上方。而这位原始森林之王，现在却凄凄惨惨，满腹委屈，瘦得厉害，浑身污垢，肮脏不堪，没有雄伟的鹿角，只有两个骨疙瘩。现在，事情非常明显了，极为简单明了：要保全自己，唯一的办法是战斗！现在所有的问题归结为一点，就是：有我就没有你，不是鱼死，就是网破……

凹地里的一群母鹿全都过来了，它们围着自己的姐妹梅花鹿，看来它们都理解它，同情它。后宫的主宰者灰眼睛站在那儿，等待着未来的好端端的生活，寻找着快一点跟谁厮杀一场。两个修士，一个长着 6 个叉的角，一个长着 4 个叉的角，一动不动地站在那里，一步也不敢向前。它们也许明白，光有角是打不赢的？它们也许看见它们的王没有角，因此鼓不起勇气？它们也许已经看见了顺着鹿道从山上匆匆赶来的黑脊梁、直角鹿、花花公子及其他许多公鹿，它们在历次战斗中都领教过鹿王的厉害？黑脊梁不知为什么站在小山上的那棵树旁边，不想往前走了。像往常一样，它莫非有什么心事，又似乎怀着什么诡计。小山上的黑脊梁同凹地里做好厮杀准备的灰眼睛之间，有一个缓坡，那儿有 8 只各种各样的、我从来没见过的公鹿。很有可能黑脊梁计划让这 8 只公鹿轮流同灰眼睛战斗，等到灰眼睛一一打败它们后，它再亲自出马攻打疲倦了的灰眼睛，甚至干脆打死它？

灰眼睛的第一个表示是皱起鼻子，轻蔑地朝着缓坡上第一个面向它的公鹿打了一个响鼻。通常是，这么一个响鼻就足以叫对手逃之夭夭了。可是那只公鹿对没有角的灰眼睛的警告不

小圆面包

家园的故事丛书

予理睬。灰眼睛把舌头吐出来歪在一边以示威胁。那只公鹿仍然站在那儿，丝毫不示弱，并且也皱起了鼻子。于是，原始森林之王就飞也似地奔过去，而那只我从来没见过的公鹿不但不逃跑，相反，竟然压低长角的头，往前走了两步。想必这是一只年轻的好斗的鹿，它还不知道灰眼睛的攻击有多厉害。灰眼睛用那骨头疙瘩照准它的脑门猛然一击，它两只前腿一屈，便倒下去了。接着，灰眼睛又像所有这种情形下的角斗者一样，对准那只公鹿胸前的肋部狠命一击，用骨头疙瘩把它的肋骨撞断，那断骨一下子刺进了左肩胛骨下面的致命部位。这位勇士再也起不来了。这时，灰眼睛向那儿的第二只公鹿皱起了鼻子，那只鹿就逃跑了；它又伸出舌头，向第三只扑去，那一只也跑掉了，接着所有的公鹿都跑掉了。最后剩下黑脊梁这一只公鹿了。但当灰眼睛向它皱起鼻子的时候，它也皱起了鼻子，发动了攻势。

离小山上那棵孤单单的树不远的地方，从前还有过一棵

树，现在只剩下一个小树桩了。这两位敌手就在这树桩旁边会合，大概每一位都想利用这树桩来支撑前脚。两位都依靠树桩开始顶向对方的额头，力图战胜对方。它们围绕着树桩转来转去，彼此顶了老半天，谁也战胜不了谁，树桩周围的地面被它们的蹄子刨出了一圈深坑。突然，树桩被它们使劲一蹬，从它们脚下蹦了出来，远远地飞到一边去了。这时两个角斗士也一齐倒了下去。也就在这个时候，梅花鹿蓦地从灌木丛里跑了出来，它摆脱了花花公子，正撒腿奔跑，我于是吹起了召唤鹿的喇叭。梅花鹿直接向我跑过来，花花公子跟在它的后面。两位角斗士也发现了花花公子，都奔跑过来，其他的鹿都跟着它们跑。于是，整个鹿群拥挤着，从我身边径直奔了过去。当它们全都向岬角尽头远远跑去的时候，我紧紧地关上了大门，不仅如此，我还仔细察看了大门旁边的篱笆，甚至还把一些不结实的地方修补了一下。

角斗就要结束的时候，我来到了松崖。我的到来也好，我朝天放枪也好，都已经挽救不了这两只出色的鹿了。灰眼睛和黑脊梁就在悬崖边上搏斗，悬崖下面是一座座暗礁。要是灰眼睛头上有角的话，战斗自然早已结束了。但是它没有角用于攻击，它那没有遮挡的脖子老是挨打。它由于出血过多，两只前腿一屈，倒了下去，血从嘴里泉水般流了出来。黑脊梁用角猛击它的肋部，刺进了它的心脏，但在最后一刹那，灰眼睛出乎意料地一跃而起，用尽最后的一点力气，给了黑脊梁致命一击。黑脊梁招架不住，往悬崖下面飞落而去，像一个皮球似的，从一块岩石上蹦到另一个岩石上，猛然跌到了暗礁上。灰

193

眼睛刚从上往下看了看，也许刚看到暗礁上长年汹涌的白花花浪涛染成了鲜红颜色。这时，它的身子也晃了晃，倒了下去。

就在这时候，几座山岩上传来了骨角碰骨角的冷峭的声音、嘶叫声和石头滚落的撞击声。现在所有的那些鹿都是我的了。

十六

自从我借助于驯熟了的梅花鹿诱捕了许多公鹿，办了一个大规模的养鹿场以来，已经过去 10 年了。我的朋友没有来，我是一个人经营这一大摊子的。又过去 1 年了，我还是一个人，整天不能休息。又过了 1 年……归期来了又去了，往往是，怀念住在远方某地的亲人，就像回忆故去的人那样难受。您和您的朋友的面貌已经变得彼此认不得了，可是突然间，你们碰在一起了。这真是可怕！您战栗了一下，脸色刷白，根据对方被岁月刻下了皱纹的面容，揣摩了一番，终于从声音上认出了他。接着，您和朋友回忆过去的岁月，就像渐渐无意识地饶恕了某人一般，心里变得非常轻松了，于是这场盼望已久的会面终于如愿以偿：生活的欢乐又回来了，叫人兴致勃勃，两个朋友觉得自己变得跟过去一样年轻了。由此，我理解了生命之根人参的作用。生命之根的力量往往这样强大，它会使您在另一个人身上找到您所爱的、永远失去了的人，把另一个当做失去的人来爱。我认为这就是生命之根人参所起的作用。对于

这神秘之根的任何其他理解，我都认为不是迷信，就是纯属医学上的事。就这样，时间在流逝，一年，两年……朋友没有来，我开始忘记、最终完全忘记了，我自己的生命的根正在原始森林的某个地方不断地长大起来。我周围的一切全都发生了变化，祖苏河边的小村子变成了一个小市镇了，镇上住着好多各种各样的人。为了一些重要的事情我常常到莫斯科去，到上海去。我在这些大城市的街道上，常常想起我的人参来，比在原始森林里的时候想得还要频繁。我同那些为新文化而劳动的人们在一起工作，我感觉到，"生命之根"已从大自然的原始森林里转到我们的创作境界来了；在我们的艺术、科学和其他有益活动的原始森林里寻找生命之根的人，比在大自然的原始森林里寻找那所剩无几的根的人，距离所要达到的目标更近一些。

工作紧紧地吸引着我，当然，也使我得以排遣内心的忧愁。我终于度过了男人的孤独期。我们相逢了，彼此久久地找不到准确的字眼诉说衷肠。看，这儿曾经有一棵树，她从前曾经坐在这棵树上收集海胆，那些状如漂亮小匣子的海胆是台风和巨浪送来挂在这棵树的枝杈上的。现在祖苏河把许多沙子堆到这棵树上，这样一来，只有根据那依稀可辨的痕迹，才能认出梅花鹿"变成"女人向我回眸的那个地方。我们默默地站在岸上，站在这大洋的白色花边的旁边，在地球公转的缓缓进程中，与海胆、小贝壳、海星在一起，听着我们人的钟摆的短促摆数。

一些山多么快地崩塌了啊！瞧，那儿曾有一面峭壁，鹿、

马鹿、貉常常从它下面走到海岸咸水边去，我们那时也手挽着手走过这条野兽走的小路。现在那座峭壁被台风刮倒了，那条小路便从乱的石头旁边绕了过去，曾经是卢文那个糊纸窗的窝棚所在的地方，现在建筑了一幢研究所，那是一座带有宽敞的意大利式窗子的巨大建筑物。那座大鹿场方圆有好几千米，切断了整个雾山，四周拉上了铁丝网，但现在那里没能剩下多少老鹿了。不过梅花鹿还活着，还在自由自在地到处溜达，就像家畜一样。

我们走到了一棵大雪松下，那儿有卢文的坟墓。中国人在树上凿了一个不大的佛龛，来进行祭奠，焚烧纸烛。现在，我详细地讲起这位最善良的人的事迹来，我突然想起了我那长在距离歌谷不远处的生命之根人参。我们现在为什么不可以在好奇心的驱使下，到那儿去看一看人参呢？于是，我们两人就出发去重新寻找一度已经找到的生命之根。

不用说，我早就把卢文留下的记号给忘记了，但我知道要到歌谷去，必须经过七峰沟进到第三条狗熊峡谷里。我们越过了这条沟，沿峡谷攀登上了最高的地方。歌谷里的一切还跟过去一样，仍旧长着稀稀疏疏的巨大树木，树木间有相当大的透光的空隙，鸟儿在绿阴间婉转鸣叫。但是我们从歌谷走出来，刚沿着古老的阶地向下进入密林，便迷路了。我们一会儿往前走，一会往后走，转了老半天，想找到我跟卢文曾经默默地坐过好长时间的那个地方。

曾经好几次都是这样的，我在夜里比白天更容易找到忘记了的地方。不但如此，当我在自己的脑海里搜索当时给自己提

出的某个问题时，突然闻到一阵特别浓烈的蘑菇清香，我便突然想到，这个问题正是在闻到这种香味的时候提出的，而且应该就是在这儿的什么地方提出的；这时候，再仔细一点儿看看自己的周围，于是就可以回想起那确切的地方来了。此刻也是这样，在我们终于摸索着来到了这个确切的地方，不再彼此悄悄说话以后，突然听到了从小溪里发出的声音：

"说吧，说吧，说吧！"

这时歌谷里的所有音乐家，所有活的生物都演奏起来了，唱起歌来了，形成了一片生机勃勃的宁静气氛，招呼着道：

"说吧，说吧，说吧！"

接着我又看见了那棵野苹果树，我以前曾同卢文顺着它的树干爬到小溪的对岸。于是，一切细枝末节我都回想起来了。现在，就在我们当时跪下去的，他作祈祷，我想心事的那个地方，我们停了下来，小心地用手扒拉着那些喜阴的青草。我们兴致勃勃、心情激动地干起活来，我们之间的有点紧张的关系也就化解了，我们开始迅速地亲密起来。突然，我们看到了人参。接着，我花了好长时间，用雪松树皮做了一个小匣子，做得完全跟我以前在满族人那儿看到的一个样子，然后我们一块儿在雪松树皮匣子外面缝了一层韧皮。我们挖人参时特别小心，连一条须根也不损坏。把人参挖出来一看，跟我当时在满族人那儿看到的那根人参非常相像：一副裸体人的样子，有手有脚，手上又有一些须根，像是几个指头，还有脖子，有脑袋，脑袋上有辫子。我们挖了些人参的原生土撒在匣子里，小心翼翼地把人参放在里面，然后回到我和卢文以前坐过的地

方，欣赏那一片生机勃勃的宁静气氛，默默在想各人的心事。不过现在我们不能老半天地只管这样默默地坐着，小溪又喊了起来：

"说吧，说吧，说吧！"

歌谷里的音乐家们演奏起音乐来，我们彼此心心相印了。

我本来不想敞开心扉，但是既然要说，那就开诚布公吧。这次来到我身边的不是那个女人，但我要说：生命之根的力量是那么大，我凭着它找到了我整个的自身，并且爱上了另一个人——我青年时代所渴求的女人。是的，我觉得生命之根的创造力就在于，人可以从自我中走出来，而自己又在另一个人身上展示出来。

现在我有了永远吸引着我的、我自己所兴办的事业，在这项事业里我感觉到了自己存在的意义，仿佛我们这些具有丰富知识、对爱有着现代的、特别迫切的需求的人，又返回到我们野蛮的祖先的时代，做起人类文明初期所做的同一件事了，即驯养野生动物。我每天找出种种理由，把现代知识和方法同我从卢文那儿得到的那种热切关注大自然的力量结合起来。这样一来，我自然有了着迷的事。我又有了相敬如宾的妻子和可爱的孩子。如果看看别人是怎样过日子的，我可以管自己叫做世界上最幸福的人了。不过我还要重复一遍：既然要说，那就开诚布公把话说尽！我的生活中有一件微不足道的事，从一旁看来它尽管对我生活的总进程没有任何影响，但是有时我觉得这件事跟鹿换角是一个道理，同样是创造新的生活的出发点。每年雾霭茫茫的春天，鹿都要把骨化了的老死的角换成新角，我

像鹿一样，也总要发生一种更新现象。有好几天功夫，我在实验室工作不是，在图书馆工作也不是，甚至在我那幸福的家庭里也不得休息和安宁。一种盲目的力量，伴随着剧痛和忧伤，把我从家里赶出来，我在森林里和山上徘徊，最后非得来到那块岩石上不可。那岩石上的无数缝隙像泪壶一样渗着水，不断形成大颗大颗的水滴，仿佛永远哭泣不止似的。我明明知道，这是石头，不是人，石头是没有感情的，可是我跟它是那么心心相印，我一听到它什么地方在突突响，我就会回想起往事来，变得完全跟青年时代一样了。我似乎看到，梅花鹿把一只

蹄子伸进了葡萄藤帐。过去的一切连同其全部痛苦重新出现在眼前了，我好像根本不曾有过此后的一段经历似的，大声对我的真挚的朋友——有心脏的石头说：

"猎人啊猎人，当时你为什么不把它的蹄子抓住呢!"

在这些病态的日子里，我像鹿抛弃它的角似的，仿佛把所创造的一切东西从自己身上抛弃了，然后再回到实验室里，回到家里，重新开始我的工作，并跟其他无名的和知名的劳动者一道，渐渐地进入了创造人世间更加美好的新生活的黎明时刻。

（1932 年）